想象篇

一口气读懂诗词名句·

超凡脱俗造神奇

将进酒·黄 主编

SPM
南方传媒

岭南美术出版社

中国·广州

图书在版编目（CIP）数据

超凡脱俗造神奇 / 将进酒·黄主编.—广州：岭南美术
出版社，2023.8
（一口气读懂诗词名句）
ISBN 978-7-5362-7753-3

Ⅰ.①超… Ⅱ.①将… Ⅲ.①古典诗歌—诗歌欣赏—
中国—通俗读物 Ⅳ.①I207.2-49

中国国家版本馆CIP数据核字(2023)第120006号

责任编辑： 黄小良 黄海龙
责任技编： 许伟群
封面设计： 极宇林

一口气读懂诗词名句
YIKOUQI DUDONG SHICI MINGJU

超凡脱俗造神奇
CHAOFANTUOSU ZAO SHENQI

出版、总发行：岭南美术出版社（网址：www.lnysw.net）
　　　　　　　（广州市天河区海安路19号14楼 邮编：510627）
经　　销：全国新华书店
印　　刷：湛江市新民印刷有限公司
版　　次：2023年8月第1版
印　　次：2023年8月第1次印刷
开　　本：880 mm×1230 mm　1/32
印　　张：5
字　　数：99千字
印　　数：1—10000册
ISBN 978-7-5362-7753-3
定　　价：29.80元

一场奇特的脑洞之旅

　　想象力是世间最神奇的能力。这一册，主题是"想象"。

　　人类没有翅膀，但是诗人会飞；人类没有千里眼、顺风耳，但是诗人的探知无远弗届，小至地下蚁穴，大到天外太空。

　　李白看夜空，"河汉挂户牖，欲济无轻舟"：星河就挂在我的窗户外边，我想去到星河那边看你，可是我还没有造出来飞船。李贺站在银河之巅看人间："遥望齐州九点烟，一泓海水杯中泻。"九州大陆，如九点轻烟；汪洋大海，如水一杯。太渺小了，不堪细看！南宋方岳感叹太阳和月亮，"日月笼中双鸟"，就像笼子里关着的两只大鸟，怎么也飞不出这天地大世界。同样是南宋的词人张孝祥，宣称"尽揖西江，细斟北斗，万象为宾客"：以北斗星为杯，以西江水为酒，邀请天地万物来做客，与我同醉……

　　以上或者是写未知世界，以无中生有的奇特见长，或者是写已知事物，换个角度，以夸张、大气的比喻取胜。

　　但有时候，想象力更像是一种生活态度。拥有丰富的想象力，只需要保持对生活拥有不一样的期盼，愿意用一种不同寻常的方式去观察世界就行。比如热爱、好奇，和适度的反抗。

　　因为有所热爱和好奇，所以能有新奇发现；因为适度的反抗，不肯因循常规，所以能跳出旧的窠巢。

　　杜牧在自家院里挖出一个小小水池，池水映出天上白云、明月，诗人称自己是"偷他一片天"：从老天那里偷了一小片回来，藏啊就藏在我家的水池里。明代诗人解缙吃饭，嫌粥太稀，说是"晨间不用青铜镜，眉目分明在里头"：早上梳洗时，连镜子都省了，直接端着一碗粥，照一照即可。宋朝诗人王令，苦于夏日炎热，听说昆仑山上常年冰雪，于是感叹"不能手提天下往，何忍身去游其间"——若不是我没有办法把天下百姓一块拎走，我早就跑去山上躲清凉了！

　　李白看到了雪，便猜测："应是天仙狂醉，乱把白云揉碎。"估计是天上仙人喝醉了，抓起一把白云乱揉一通，扔下来便成了人间一场飞雪。陆游热爱梅花，便问："何方可化身千亿，一树梅花一放翁。"有什么办法可以把一个"我"变成无数个"我"呢？我想要每一株梅花前面都站着一个我，细细看，赏尽风流……

　　这么多奇特的脑洞！来吧，开启你的想象力之旅吧！

第一辑

人间多奇思

想象力并不完全是凭空捏造，而是诗人用了一种奇特的角度去看世界。不循常规，不落俗套，他手指轻拨，点石成金，化寻常为异常，化腐朽为神奇。

凿破苍苔地，偷他一片天

盆池

（唐）杜牧

凿破苍苔地，偷他一片天。

白云生镜里，明月落阶前。

◎ 诗临其境

杜牧是晚唐大诗人，晚年隐居在樊川别墅，以文会友。某天，他在修葺屋子的时候忽然心血来潮，想在院子里长满苍苔的空地凿一个池子，给自己造一个舒心畅意的天地。

说干就干，他真的动手凿出了一个干净的池子，然后往里面灌入泉水，水池清净澄澈，犹如镜子，就这样，他"偷"来了一片天。

天空同样澄明，但太单调，他又拨弄白云明月于其间，让它们看起来就仿佛在池水中生出的一样。

诗人坐在台阶前，蓝天白云相绕，明月相伴，顿感无限的快活得意。于是，我们似乎能看见他像个任性调皮的孩子一样，用泥巴造了个城堡，然后叉着腰在那儿自鸣得意。

◎ 一句钟情

"凿破苍苔地，偷他一片天。"

苍苔满地，绿意盎然，可见诗人所居之地清静幽雅，在这里凿地成池，正是诗人纯粹内心的写照。池引泉水，清净澄澈，一如诗人的心灵，唯有如此，方容得下无垠碧空。

于是，他要偷天。一个"偷"字，让诗人化身成了小偷，但这是个可爱得像个孩子般的小偷，他的举动充满了情趣。青天高远，万古寂寥，诗人无法与之对话，无从向它借，于是只好偷。他偷得也不多，"一片"足矣，只要这片天里，能生来白云明月，他立于阶前，触手可及，那就有了最大的生活乐趣。

◎ 诗歌故事

同样是唐代的诗人李涉也曾说过："因过竹院逢僧话，偷得浮生半日闲。"俗世尘事多而烦扰，这"半日闲"也是非"偷"不能得的。这种纯真语的背后，正是诗人情感发于无端的自然真趣，是赤子之心的再现。

所谓赤子之心，就是脱却了一切世故而纯任天然。所以清人袁枚与近人王国维都认为：诗词人都应该是不失赤子之心者。

《世说新语》里记载，徐孺子九岁时与小伙伴玩耍，小伙伴就很天真地问他："假如月亮里没有别的东西，它会不会更加明亮呢？"小伙伴把月光看成一面镜子，不够明亮是因为镜子上有了杂质，纯真若此！

人心何尝不是如此？阅世越多，越难脱却世故，所以赤子之心就越是显得珍贵难得。杜牧到了晚年，看尽了官场的复杂多变、腐败黑暗，他的灵魂抗拒着不堪的现实，所以他需要一片纯净的天，澄澈的水，洁白的云，皎洁的月。这一刻，他要做个纯真的好孩子。

民国时期著名漫画家丰子恺先生，极其推崇杜牧这首诗。他认为此诗绝妙，可以作画，于是画了一幅漫画送给友人，并且在日记中写道："偷天高于偷花、偷酒、偷书、偷画，又胜于偷闲，是贼中最高尚者。"他在对自己孩子的教育上，总是把"童真、纯真、真趣"放在第一位，大抵便是希望不论孩子成长到哪个阶段，心中还能如诗人这般存着一分"天机真趣"。

人的本性都是一尘不染的，世故是纯真的天敌，现实里的种种不堪会让诗人们堕落，也会让诗人们情致反弹，返璞归真。一旦诗人们变成了孩子，这份回归了本性的真趣就会生出无形的保护罩，抵御侵蚀而来的世俗污浊。所以我们可以看到，当苏轼发现那朵开得灿烂绝艳的海棠将要陷入如同自己那般的处境时，他点起了蜡烛，像个孩子保护自己心爱的玩具那样，保护陪伴了海棠一夜。（"只恐夜深花睡去，故烧高烛照红妆。"）

因此，非心灵纯真如稚童，难有如杜牧这"偷"般天马行空的奇思妙想；非心存纯真，不能领略世间诸般美好，得自然真趣。

作家介绍

杜牧（803—853），字牧之，京兆万年（今陕西西安）人，宰相杜佑之孙；唐代诗人、散文家；诗歌以七言绝句著称，与李商隐并称"小李杜"；因晚年居长安南樊川别墅，故后世称"杜樊川"，著有《樊川文集》。

佳句背囊

"摩挲青莓苔，莫嗔惊著汝。"
出自唐代诗人卢仝的《村醉》。诗人酒醉仆倒在地，竟然轻抚着地上的莓苔，说自己惊扰了它们。这种"孩提语"与杜牧的"偷天"一样，诗人变成了纯真的孩子，会心疼一草一木，哪怕是莓苔。

本文作者 ————————

孤灯点文化：点一盏孤灯，让文字发光。

晨间不用青铜镜，眉目分明在里头

感咏诗

（明）解缙

水旱年来稻不收，至今煮粥未曾稠。

人言箸插东西倒，我道匙挑前后流。

捧出堂前风起浪，将来庭下月沉钩。

晨间不用青铜镜，眉目分明在里头。

◎ 诗临其境

明代，解缙在朝为官，他刚正不阿，视为民请愿为己任。遭遇灾荒之年，百姓苦不堪言。他虽为朝中重臣，却两袖清风，甘愿清贫，同老百姓一般吃粥度日，体会百姓之不易。

几日后，看到碗中稀薄的粥，解缙感慨万分，于是便写下此诗：

连年的大旱让水稻颗粒无收，碗里的粥从来没有稠过。

别人说筷子插在粥碗里不往东边倒，也往西边倒；要我说勺子放在粥碗里，不是往前流，就是往后淌。

端着粥碗去前堂，一阵风吹过，碗里也起了波浪；端着粥碗来后院，碗里能映出天上一轮弯弯如钩的月亮。

清晨起床梳洗，再也不用青铜镜；这眉啊，眼啊，在这粥碗里分明清晰可见。

◎ 一句钟情

"晨间不用青铜镜，眉目分明在里头。"

这句诗，想象奇特，诗人巧妙地将幽默与讽刺融为一体。读来，让人感受到诗人的风趣幽默，又引人深思。

全句不见一个稀字，却描绘出了灾年的"至稀之粥"，本该充饥果腹的粥，却清澈似水，可映明月，可照眉目。

诗人看似讽刺粥的稀，其实也讽刺朝廷的不作为，明明灾情摆在眼前，赈灾却困难重重。

字面上是在夸张修饰粥的稀薄，更深层的却是在表达诗人内心忧国忧民之情。

"眉目分明在里头"，是他心怀百姓的真实写照：每每早上醒来，都会想到水深火热之中的老百姓，心怀百姓却无可奈何的愁思也就萦绕心头。

◎ 诗歌故事

明朝时期，数次出现连年大旱的情况，有史料记载，明朝的衰败与连年大旱有直接关系。

据说有一回，江西吉水遭受水灾，水灾之后又有蝗虫灾害，百姓流离失所，苦不堪言。灾情被报到京城，皇帝便命钦差下来查看。

钦差到达灾区时，遇上两个醉汉。钦差就以此为由，认为当时百姓还有余粮造酒，可见不需要开仓赈灾。

县令苦苦哀求，钦差无法推托，就提了个要求："要开仓，可以，但须对出我的上联。"说完，便出上联："红绿交加，醉汉不知南北。"

众人皆对不上来，有人把此事告诉了解缙，他火急火燎地跑到县衙，往钦差面前一站，大声说道："下联早已有了：青黄不接，穷人卖尽东西。"

钦差见下联对得工整且又是实情，只好立即开仓赈灾。当时，解缙无官无职，却体察民情，将关乎百姓生计的旱涝问题、税收问题，视作自己不可推卸的责任。

明太祖朱元璋对解缙很看重，曾经对他说："我和你道义上是君臣，恩情上如父子。"

到了崇祯时期，也就是解缙去世200年后，同样是大旱和蝗虫灾害，但因为朝廷日渐衰败，敢于为民请命的官员少了，便引发了完全不同的结局。崇祯三年，李自成、张献忠相继起义，最终导致明朝灭亡。

箸（zhù）：筷子。
堂前：正房前面。
庭：院子。

作家介绍

解缙（1369—1415），字大绅，一字缙绅，号春雨、喜易，江西吉安府吉水（今江西吉水）人，明代大臣、文学家。与徐渭、杨慎一起被称为明朝三大才子，主持编纂旷世大典——《永乐大典》，英国人将它誉为人类有史以来最大的百科全书。

佳句背囊

"莫言淡薄少滋味，淡薄之中滋味长。"

出自明代诗人张方贤的《煮粥诗》，这一句同样描绘了那个年代的困苦生活，诗人以一种积极乐观的生活态度解读：薄粥滋味虽然清淡，却是人一生所要面对的；与其抱怨淡薄的物质生活，不如将其升华至长久的精神生活中去。

本文作者

胖子三叔：颓废小叔爱写作，用最朴实的语言讲述生活那点事。

不能手提天下往，何忍身去游其间

暑旱苦热

（北宋）王令

清风无力屠得热，落日着翅飞上山。

人固已惧江海竭，天岂不惜河汉干？

昆仑之高有积雪，蓬莱之远常遗寒。

不能手提天下往，何忍身去游其间？

◎ 诗临其境

北宋诗人王令有治国安民之志，王安石对其文章和为人皆甚推重。王令短暂的一生是在贫困中度过的，他自称志在贫贱而不愿屈就科举功名。也是由于这种特殊的生活经历，王令对当时社会的观察与认识极为深刻，这首《暑旱苦热》，写得气势磅礴，充满了对人世间的同情。

清风无力驱赶这炎炎暑热，西坠的太阳像长了翅膀的鸟儿，盘旋山头，不肯离去。

人们担心这样下去，江河湖海都要枯竭，难道老天就不怕连银河都要被晒干了吗？高高的昆仑之巅倒是有常年不化的积雪，遥远的蓬莱仙岛上有永不消失的清凉。

但我既然不能够携带天下人一起前往，又怎忍心独自一个跑去逍遥自在躲暑旱呢？

◎ 一句钟情

"不能手提天下往，何忍身去游其间？"

这句诗表现了作者对天下疾苦的同情和与天下人一起承受的决心。知道有清凉的地方，但是没有能力携带天下人一起去避暑，那就干脆自己也不去了，留下来和天下人共同忍受这份煎熬吧！而作者"手提天下往"的异想天开，尤其令人惊奇，让人不禁感叹这脑洞开得可真够大的！

◎ 诗歌故事

由这句"不能手提天下往，何忍身去游其间"，想到很多为国为民的仁人志士。他们那种为天下百姓奋斗不息的精神，值得我们铭记并发扬。可能大多数的人，在遇到苦难时，首先想的是让自己如何摆脱，是从自己的出发点考虑问题，趋利避害，这是人性的一大特点。我们不能站在道德的制高点去批评。

但是，有一种人，他们考虑问题从来不是从自身出发，首先想到的是别人，这种境界，就值得我们为其歌颂。这样的人是心怀天下的人，是精神高洁的人。

比如我国以毛主席为首的第一代无产阶级革命家，他们在革命年代与人民同甘共苦，艰苦奋斗，用不屈不挠的斗争建立了新中国。新中国成立后，他们仍旧以人民的公仆自居，艰苦朴素，从来不会让自己和家人有一点点特权。

以毛主席为例，他的两个女儿姓李，就是不想让她们以毛主席的子女自居。他的孩子读普通的学校，自己上学，自己回家，一样挨饿，一样要上山下乡。毛主席自己从来不占国家一分钱的便宜，连住在中南海都要交房租。他的内衣，都是补丁摞补丁，他吃的饭菜是最普通的两菜一饭。在困难时期，毛主席甚至不肯吃米饭，仅以苋菜充饥，因为，他知道百姓在挨饿，他就要和百姓一起挨饿。

毛主席，怀着一颗全心全意为人民的赤诚之心，带领人民走出了困境，走向更美好的明天。

无障碍阅读

屠：屠杀，这里是消除的意思。

着翅："着"是安装的意思。这里指太阳好像安装了翅膀，迟迟不落。

昆仑：昆仑山，传说是东王公、西王母居住的地方。

蓬莱：传说海中有三座神山，蓬莱、方丈、瀛洲。

作家介绍

　　王令（1032—1059），北宋诗人。今河北大名人。很小的时候父母去世，随其叔祖生活在广陵（今江苏扬州）。长大后以教学为生，很受王安石赏识，不幸早逝。

佳句背囊

　　"但得暑光如寇退，不辞老景似潮来。"
出自南宋诗人范成大的《秋前风雨顿凉》，也表现了诗人对暑热煎熬的无奈，渴望暑期早退的坚决。诗人说：只要暑热可以像盗寇逃跑一样飞快离去，就算让我早点衰老也甘心（老年光景像浪头打来一样快速）。

本文作者

历史沧澜：中学历史教师，头条号青云潜力新星，喜欢历史和中国传统文化。

只可自怡悦，不堪持赠君

诏问山中何所有，赋诗以答

（南朝）陶弘景

山中何所有，岭上多白云。

只可自怡悦，不堪持赠君。

◎ **诗临其境**

陶弘景，南朝时期人，著名的医药家、炼丹家、文学家，人称"山中宰相"。

陶弘景自幼聪明，才华出众。梁武帝早年与其相识，称帝后多次向隐居在华阳洞的陶弘景表达希望其能够出仕的意愿，但陶弘景不为所动。

梁武帝就下诏问他："'山中有何物'，以至于不愿出山为官？"

陶弘景就以此诗回答梁武帝，同时表明了自己的志向。

诗中说：

你问我山中有什么，这山中只有白云悠悠。

只要看到它，我就会有好的心情；但可惜我无法把它赠送您，让您也理解其中乐趣。

◎ 一句钟情

"只可自怡悦，不堪持赠君。"

这句诗并不深奥，但是作者的想法很奇特，令人忍俊不禁：这里的白云很对我的胃口，但是我没法把白云摘下来转送给你呀！

同时，在一种轻淡自然的语气下，却表明了诗人高尚的精神追求。诗人所向往的是白云、青山，虽然山林之中没有钟鸣鼎食，没有荣华富贵，但是这种悠然自得正是诗人追求的，只要拥有就会快乐。然而，这种快乐只有诗人自己能够欣赏，无法转赠他人，隐隐也有"这样的快乐您不懂"的意思，同时以这种委婉的方式谢绝了皇帝的召唤。

诗人的志向和品格也由此可见。白云，随处可见，却只有诗人会因为白云而感到快乐，朝堂上的高官厚禄受世人追捧，诗人却无法从中感到快乐。

◎ 诗歌故事

陶弘景是中国道教史上的重要人物，是炼丹士、医学家，也是文学家。

陶弘景小时候十分聪明，也很勤奋。四五岁时常以芦获为笔，在细沙上学习写字。十岁时读了道教名人葛洪的《神仙传》等著作，深受影响，后来也走上了钻研道教学问的人生。

长大以后，陶弘景有了名气，很多人都邀请他去做官。但他隐居山中，潜心修道，研究学问，所以都拒绝了。

梁武帝对他也是"屡加礼聘"，陶弘景仍是拒绝。

梁武帝问他："山中到底有什么，让你如此不舍，不肯出山呢？"

陶弘景写了一首诗，又画了一幅画，作为回答。诗就是这首《诏问山中何所有，赋诗以答》。画则是一张纸上画了两头牛，一头散放水草之间，自由自在；一头锁着金笼头，被人用牛绳牵着，并用牛鞭驱赶。

梁武帝看了诗和画，领会他的用意，就不再强迫他出来做官了。

无障碍阅读

诏：帝王所发的文书命令。
怡悦：取悦，喜悦。

作家介绍

陶弘景（456—536），字通明，自号华阳隐居，谥"贞白先生"。南朝齐、梁时期的道教茅山派代表人物之一，同时也是著名的医学家。丹阳秣陵（今江苏南京）人。

自幼聪明异常，十五岁著《寻山志》。二十岁被引为诸王侍读，后拜左卫殿中将军。后来隐居句曲山（茅山）。梁武帝礼聘不出，但朝中大事无不咨询并与之商讨，时人称为"山中宰相"。

佳句背囊

"桃花仙人种桃树，又摘桃花卖酒钱。"
出自明代唐寅的《桃花庵歌》，诗人借桃花隐喻隐士，鲜明地刻画了一位优游林下、洒脱风流、热爱人生、快活似神仙的隐者形象，与"只可自怡悦，不堪持赠君"有共通之处，都表达乐于归隐、淡泊功名的生活态度。

本文作者 ————————————————

右耳大仙：输出内容这么痛苦的事情，还是要坚持下去啊。

天上有行云，人在行云里

生查子·独游雨岩

（南宋）辛弃疾

溪边照影行，天在清溪底。

天上有行云，人在行云里。

高歌谁和余？空谷清音起。

非鬼亦非仙，一曲桃花水。

◎ 诗临其境

　　爱国诗人辛弃疾为官期间遭到排挤被罢官，壮志难酬，一直处于闲居状态。但他人虽在山野，却依然心系国家。一日早读罢，想到自己忠心耿耿，一心抗金，却少同道之人，如今被贬至此，报国之志无处施展，不免黯然。抬头看天气晴好，索性出去走走，漫步雨岩，心境顿时开阔许多。

　　蓝天白云、青山绿水，如此美好的景致就该有知音同赏，可是，此刻竟然只有自己，想到此，诗人的心中不免感慨：

一个人走在雨岩，眼前溪水澄澈见底。阳光把我的影子映照在溪水中，还有那瓦蓝的天空、洁白的云朵一并倒映水底，人仿佛就在云间行走。

不由放声高歌，是谁在唱和？那空谷回音，余音袅袅。这声音不是来自天上的神仙，也不是来自地狱的鬼怪，而是伴随着点点桃花的潺潺流水声，清脆悦耳。

◎ 一句钟情

"天上有行云，人在行云里。"

这句诗描写传神，语言平常，想象自然，意趣横生。

诗人在溪边行走，影子连同蔚蓝的天空和天上的行云倒映在清澈溪底，水中的云影连着人影，白云飘飘。人行走在蓝天白云之中那种飘然若仙的独特感受跃然纸上。清新自然的景色，恬淡又有些孤单的味道也传达出来。

如此清新淡雅的画面，陪伴诗人的只有蓝天、白云、溪水、影子，怎一个寂寥了得？为接下来诗句中"高歌谁和余"做了自然的铺垫。诗人内心特别期待有与他"相和"之人，然而，只有桃花水。

这里也借景致抒发作者力主抗金却和者甚寡，甚至因此受到迫害打击，此刻只能在山水中慨叹自己壮志不得施展的心绪。可谓意味深长！

◎ 诗歌故事

借景抒情是古诗常用的写法，这首诗虚实结合，笔法自然朴实却又婉转曲折，既为我们展示出一个清新自然的清雅之境，又暗含孤独惆怅之心境。就算孤独惆怅，诗人也不是戚戚然，反倒是一种恬淡之美。

这首诗让我想到诗人陶渊明的那句"采菊东篱下，悠然见南山"，人在遭遇挫折，身处逆境之时，不纠结其中，需要走进大自然，感受"天上有行云，人在行云里"与大自然融为一体的美妙，也需要有"悠然见南山"顺应自然、享受其中而悠然自得的心态。

人生的路千万条，锲而不舍、坚韧不拔固然让人肃然起敬，然而当此路不通时也不必硬撞南墙，及时拐弯、另辟蹊径，也不失为明智之举。

《聊斋志异》作者蒲松龄，四次应试举人，由于当时科场贿赂盛行，舞弊成风，他虽然满腹才华也没有逃脱落第的命运。但他并没有因此悲观失望，他立志要写一部"孤愤之书"，于是撰写了一副对联：

有志者，事竟成，破釜沉舟，百二秦关终属楚；
苦心人，天不负，卧薪尝胆，三千越甲可吞吴。

他以此自勉，终于完成文学巨著《聊斋志异》。

挫折、磨难、坎坷是人生的常态，要有"宠辱莫惊，闲看庭前花开花落；去留无意，漫随天外云卷云舒"的心态，正如辛弃疾在罢官之后还能感受到"天上有行云，人在行云里"的妙趣横生的画面。

无障碍阅读

雨岩：辛弃疾闲居之地的一处风景，在今江西省上饶市博山附近。

清音：清脆、轻柔的声音，这里是指流水声。

一曲："曲"的本义是形容水面的形状弯弯曲曲，这里作量词用，一曲就是一条。类似的用法如"一汪"潭水。

桃花水：桃花汛。农历二三月桃花盛开时节，雨水增多，河流由枯水期转丰水期，称为桃花汛。

作家介绍 辛弃疾（1140—1207），字幼安，号稼轩，济南府历城县（今山东济南历城）人。南宋豪放派词人，有"词中之龙"之称。与苏轼合称"苏辛"，与李清照并称"济南二安"。著有《稼轩长短句》。

佳句背囊 "明月松间照，清泉石上流。"

出自唐朝诗人王维《山居秋暝》，明月映照着幽静的松林，清澈的泉水在山石上淙淙流淌。这一句的清新明快与"天上有行云，人在行云里"的唯美清新类似。

"天光云影共徘徊。"
出自南宋学者朱熹的《观书有感二首》其一，整首诗为："半亩方塘一鉴开，天光云影共徘徊。问渠那得清如许？为有源头活水来。"描绘诗人"观书"的感受。这一句是说，天的光和云的影子倒映在塘水中，不停变幻移动，像人在徘徊一样。这其实是一首哲理诗，比喻要不断接受新事物，才能保持思想的活跃与进步。

本文作者

宫晓慧，小学语文高级教师，自幼喜欢文学，热爱艺术。花草和音乐、手工和美食、诗和远方都是我所爱，因为有爱，从不孤独。

何方可化身千亿，一树梅花一放翁

梅花绝句二首（其一）

（南宋）陆游

闻道梅花坼晓风，雪堆遍满四山中。

何方可化身千亿，一树梅花一放翁。

◎ **诗临其境**

陆游是南宋时期著名的爱国诗人，身逢家国飘摇之际，他一直想着抗金报国。但在朝堂上却一直受到以宰臣秦桧为首的主和派排挤。

陆游创作此诗时，已经七十八岁，闲居在家。但正如他在另一篇作品中说到的，"鬓虽残，心未死"，对未来，对抗金事业，他仍然有所期待。在严寒的冬天，他看到屋外一树树傲然绽放的梅花，不禁有感而发：

听说山上梅花已经迎着晨风绽放，远远望去，就像一堆堆白雪一样漫山遍谷。

有没有一种分身术，可以变化出成千上亿个"我"呢？这样每一棵梅花树前，就都有一个陆游在欣赏梅花。

◎ 一句钟情

"何方可化身千亿，一树梅花一放翁。"

谁能想到这样一句充满童真的话，是出自一位年近八十的老人之口呢？

这是再简单不过的想象，可能我们每个人孩提时代都曾经有过"分身术"这种想法，只是随着年纪渐长而渐渐失却了这份童心。而陆游这样一位经受过家国飘摇、宦海沉浮、人间冷暖的老人，却仍然有这样一份天真在，多么可贵。

面对梅花盛开的奇丽景象，诗人明知不可能有"化身千亿"的法子，却还要去问，则更显示出他对于这一树树梅花的喜爱之情。这一丰富而大胆的想象中，是诗人与梅花灵魂的共振，傲立枝头严寒绽放的梅花，与不改初心品行高洁的诗人，一树一人，相得益彰。能够惊艳到世人的言辞，不需太华丽的辞藻，真心而发，更为动人。

◎ 诗歌故事

陆游爱梅，千古流传。在其八十余年的生命中，仅咏梅诗就达一百多首。他对梅花，是观其形而爱其性，赏其神而慕其气。在陆游的心中，梅花的品格与自己高度相似，所以他咏梅，也是在写自己的志向和境遇。

我们最为熟知的陆游的咏梅诗词，可能就是那首《卜算子·咏梅》了。

驿外断桥边，寂寞开无主。已是黄昏独自愁，更著风和雨。

无意苦争春，一任群芳妒。零落成泥碾作尘，只有香如故。

全篇无一个"梅"字，却句句都是在写梅花。写出了梅花的神韵，也显示出了自己的志向——忠贞爱国，心忧天下。

在中国文学史上，痴爱梅花的诗人不止陆游一个。其中最为出名的，就是"梅妻鹤子"的林逋。这位宋代诗人隐居在西湖孤山，终身不娶，将梅花当作自己心爱的妻子一般对待，也是一段千古佳话了。他的咏梅诗句"疏影横斜水清浅，暗香浮动月黄昏"写尽了梅的神态与风姿，也为后世留下了他永恒的隐逸风姿。

梅作为"梅兰竹菊"四君子之首，剪雪裁冰，一身傲骨，寄托了人们对于孤傲、坚持的志向，也无怪乎古往今来那么多文人墨客爱梅、咏梅、惜梅了。

无障碍阅读

坼（chè）：开放。坼晓风，即在东风中开放。

何方：有什么办法。

放翁：陆游号放翁，指陆游自己。

作家介绍

陆游（1125—1210），字务观，号放翁。越州山阴（今浙江绍兴）人，南宋著名诗人。陆游生逢北宋灭亡之际，一生都在主战抗金，具有强烈的爱国情怀。诗歌今存九千多首，内容极为丰富。著有《剑南诗稿》《老学庵笔记》等。

佳句背囊

"若为化得身千亿，散上峰头望故乡。"

出自唐代文学家柳宗元的《与浩初上人同看山寄京华亲故》。陆游"何方可化身千亿，一树梅花一放翁"实际上是化用了柳宗元的这首诗，柳诗是希望自己能够化作千亿个身影，可以望见故乡，充分表现了其思乡之心切，之浓厚。

本文作者

月酿酒，非典型中文系女硕士。月光酿酒，味辛而甘，犹如其文，绕口回香。

吴楚东南坼，乾坤日夜浮

登岳阳楼
（唐）杜甫

昔闻洞庭水，今上岳阳楼。

吴楚东南坼，乾坤日夜浮。

亲朋无一字，老病有孤舟。

戎马关山北，凭轩涕泗流。

◎ **诗临其境**

　　"诗圣"杜甫大家都不陌生，是唐朝最伟大的现实主义诗人，和"诗仙"李白合称"大李杜"，后世也习惯称其为杜工部、杜少陵，或者亲切地称其一声"老杜"。

　　本诗乃是杜诗中的一首五律名篇。众所周知，杜甫在律诗上的造诣可以说是登峰造极，而有些人盛赞这一首为盛唐五律第一，也可见此诗的地位。诗中意思是说：

　　我很早就听说过了洞庭湖和岳阳楼的盛名，但直到今天一把年纪了才有机会登楼观湖。从楼上放眼望去，洞庭湖宛如一把巨剑，从东南方向把吴楚两国劈开，而其波澜壮阔，广阔无垠，日升月落和白天黑夜的交替仿佛也都在湖水之中进行着。

再想到自己年老体衰，又经常生病，一个人四处漂流，就像是这湖面上一艘孤零零的小舟一样，连亲朋好友的一封信都接不到。如今国家又出现了种种隐患和动荡，但自己却报国无门，只能凭轩流泪伤感。

整首诗由洞庭湖的壮美景色写起，又联想到了自己的艰难现状，最后又升华到对国家的关怀和忧虑，体现了杜甫一向的爱国主义精神，无论何时何地都心怀黎民和国家，虽然他政治上从未得志过。也正因如此，杜甫的这种情怀更加难能可贵，无愧于一位伟大的爱国诗人。

◎ 一句钟情

"吴楚东南坼，乾坤日夜浮。"

颔联这两句，将杜甫胸中的那种庞大的格局和气魄尽数展露。

这里需要注意一点，坼的读音是 chè，可不要误以为是拆迁的"拆"。吴国曾是"春秋五霸"之一，楚国更是先后进入过"春秋五霸"和"战国七雄"名单。这两个国家要是都拆了，恐怕半个中国都不够安置的。

"坼"的意思是裂开，形容洞庭湖气势宏大，宛如冲天一剑把吴楚两国从东南方向直接劈开一般。杜甫胸襟之广阔可见一斑，虽然他从未做过高官，但那种气吞天下的气概，并不在古往今来那些帝王将相之下。在作诗这个领域，他同样也是君王，当仁不让，就像李白在喝酒的时候连唐玄宗的召唤都懒得理会一样。

　　而"乾坤"两字，来源于《易经》，乾卦代表天，阳，日，男——天行健，君子以自强不息；而坤卦代表地，阴，月，女——地势坤，君子以厚德载物。

　　这里的乾坤其实代表日月，意思是整个日月交替都仿佛蕴含在一望无垠的洞庭湖中。这和一代雄主曹操的《观沧海》中的"日月之行，若出其中，星汉灿烂，若出其里"颇有几分相似之处，都是豪情万丈，气吞山河。

◎ 诗歌故事

　　大家都知道杜甫是大诗人，更是有着"诗圣"的绝高赞誉，但是大家可能不知道，杜甫的爷爷杜审言同样也是初唐一位优秀的诗人，只不过为人比较狂妄——用现在的话来说就是情商比较低。

　　有一次他生病了，同僚们来探望，他就叹了口气说道："抱歉了诸位，我活着的时候一直压着你们，让你们不能出头，我现在快要病死了，最大的遗憾就是没有看到能够有能力接替我的人。"

　　而且杜审言对于杜甫的要求也是极为严格的，杜甫小时候贪玩不努力读书，杜审言就对他严加管教，最后杜甫练习写诗的纸张多得都要用麻袋来装。

　　而这也为杜甫打下了良好的基础，后来他自豪地说自己"读书破万卷，下笔如有神"，这里面其实也离不开爷爷杜审言的一份功劳。毕竟再好的美玉，不琢也是不成器的啊。

无障碍阅读

岳阳楼：在今湖南省岳阳市。下瞰洞庭，前望君山，自古有"洞庭天下水，岳阳天下楼"之美誉，与湖北武汉黄鹤楼、江西南昌滕王阁并称为"江南三大名楼"。

洞庭水：洞庭湖，处于长江中游，号称"八百里洞庭"，是著名的战略要地和中华文明的发源地之一。

作家介绍

　　杜甫（712—770），字子美，原籍湖北襄阳，生于河南巩县。自号少陵野老，是唐代伟大的现实主义诗人，与诗仙李白合称"李杜"。为了与另两位诗人李商隐与杜牧即"小李杜"区别，杜甫与李白又合称"大李杜"，杜甫也常被称为"老杜"。杜甫在中国古典诗歌中的影响非常深远，被后人称为"诗圣"，他的诗被称为"诗

史"。后世称其杜拾遗、杜工部，也称其杜少陵、杜
草堂。

佳句
背囊

关于岳阳楼的名作，自然不能不提北宋范仲淹的《岳
阳楼记》。

这是一篇借景抒情和明志的散文，通过写岳阳楼的美
景，范文正公表达了自己那种"不以物喜，不以己悲"
的超脱情怀，以及"先天下之忧而忧，后天下之乐而乐"
的广阔胸襟，一个爱国爱民的古代贤良士大夫的形象
跃然纸上，和杜甫这首《登岳阳楼》同为描写岳阳楼
的千古名作。

本文作者

红尘如镜。

况是青春日将暮，桃花乱落如红雨

将进酒

(唐) 李贺

琉璃钟，琥珀浓，小槽酒滴真珠红。

烹龙炮凤玉脂泣，罗帏绣幕围香风。

吹龙笛，击鼍鼓；皓齿歌，细腰舞。

况是青春日将暮，桃花乱落如红雨。

劝君终日酩酊醉，酒不到刘伶坟上土！

◎ **诗临其境**

李贺的诗风空灵而诡异，常以神话传说借古寓今，后人喜欢把他和李白相比较，有"太白仙才，长吉鬼才"之说。

事实上，两人都写过《将进酒》这个题目，但表达的情感却有差异。李白先悲后乐，中间夹杂狂放、豪迈、忧愁和孤独等情绪。再看李贺的诗，前八句让我们看了一场盛宴，后四句突然由喜入悲，表达出作者对人生的深刻感悟。

在"罗帏绣幕"围绕的酒宴上，宾客们端着名贵酒杯——"琉璃钟"，喝着美酒——"琥珀浓"和"真珠红"，吃着美食——龙肝凤髓，听的更是"龙笛""鼍鼓"演奏出的音乐，再配上歌女唱曲、美人起舞，真是赏心悦目，其乐无穷。

当酒宴散去，疾风吹过，满树桃花飘落，犹如"红雨"，美丽又惹人惋惜。诗人触景生情，感慨道：

青春易逝、人生易老，当喝个酩酊大醉才好。即使"嗜酒如命"的刘伶，死后也再难喝一杯美酒，唯有"坟上土"相伴，真是"凄凄惨惨戚戚"。

◎ 一句钟情

"况是青春日将暮，桃花乱落如红雨。"

该句有承上启下作用，在意境上引喜入悲，恰到好处地转换诗人的内心情感，进一步升华了全诗主题。

春光虽好，容易催人老。人生太匆匆，酒绿灯红，到头来也不过镜花水月一场梦。梦醒时分，美味佳肴也是苦涩的，美人舞曲也没了兴致欣赏。

那"红雨"般飘落的桃花，以生命为代价，只为了瞬间绽放美丽。此时此景，诗人心中的忧愁和悲痛，被无限放大。印证了那句话："热闹是属于他们的，而我什么都没有。"

◎ 诗歌故事

李贺祖上与唐高祖李渊有关系，属于边缘的"大唐宗亲"，可惜到父亲李晋肃这一代，家道中落。但他年少聪颖，7岁就能作诗，妥妥的"学霸"。他还喜欢骑毛驴到处逛，有了灵感就马上记下来，写完丢到自己的背囊里。

可惜李贺一生怀才不遇，因病离世时仅27岁。本有两次功成名就的机会，皆因父亲而遗憾错过。十八九岁时，受韩愈和皇甫湜赏识，他挑灯苦读，准备科举考试。可父亲突然病故，按礼制要在家守孝三年。

丁忧差不多结束，韩愈写信给李贺，说一切已经准备妥当，让他再次参加考试。万万没想到，有妒才的人散布流言蜚语，说其父"李晋肃"和"进士"谐音，应该"避讳"，不能参加考试。

所以，有多少希望，就有多少失望。李贺无法出仕振兴家族，更难以实现理想抱负，这才有了《将进酒》中"由喜入悲"的感触，不如借酒消愁。当然，李贺也当过从九品的奉礼郎，以及幕僚等职，可见他心中的"梦"一直还在。

所以此诗或有另一层境界：人生虐我千百遍，我待人生如初恋。美酒、美食、美人，都不过是考验，更要珍惜当下，永不放弃，为梦想而努力，幸福一直都是奋斗出来的！

无障碍阅读

琥珀浓、真珠红：都是指名贵的酒。

烹（pēng）龙炮（páo）凤：烹制龙肉凤肉，指珍稀佳肴。

鼍（tuó）鼓：鼍皮做成的鼓。

皓（hào）齿：洁白的牙齿，这里指歌女。

细腰：纤细的腰肢，诗中指舞女。

刘伶：魏晋名人，"竹林七贤"之一，嗜酒。

作家介绍

李贺（790—约816），字长吉，中唐浪漫主义诗人，有"诗鬼"之称。与李白、李商隐合称为"唐代三李"。由于李贺父亲的名字与"进士"谐音，为避讳，李贺无法参加进士考试。年纪轻轻壮志难酬，令李贺长年忧思苦闷，27岁就英年早逝。他的诗想象奇特瑰丽，在唐诗中稳占一席，代表作有《雁门太守行》《李凭箜篌引》《梦天》等。

佳句背囊

"无可奈何花落去，似曾相识燕归来。"

出自北宋词人晏殊《浣溪沙》，该句感叹春光易逝，年华不再，和"况是青春日将暮，桃花乱落如红雨"意境相似，二者都在借物抒情，表达内心的惆怅和哀怨。

本文作者

陈文琦，"90后"理工男，仗剑走天涯，执笔写芳华。

看君走马去，直上天山云

醉里送裴子赴镇西

（唐）岑参

醉后未能别，待醒方送君。

看君走马去，直上天山云。

◎ 诗临其境

岑参是唐代著名的边塞诗人。边塞诗通常都是描写塞外风情的壮美，但这首诗却独辟蹊径，着重描写了诗人自己的心理感受。

面对好朋友的离别，诗人心中升起无限不舍，或许是自己喝醉了，或许是把要走的人灌醉，总之离别之人又多待了一个晚上，这对于将要分别的人来说，是非常难得的时光。毕竟古代交通不发达，一旦别离就像杜甫所说的，"人生不相见，动如参与商"，再见面那都是非常困难的事情。所以"醉后未能别，待醒方送君"，表面上看是作者喝多了，实际上则是作者依依不舍的一种体现。

◎ 一句钟情

"看君走马去，直上天山云。"

这是作者目送友人离开的情景，无论如何不舍，但终究还是有别离的时刻。作者在这里充分展现了天马行空的想象力，好像作者的目光一直伴随着友人，先是一点点消失在天际，最后又慢慢出现在天山上，出现在那茫茫的云朵之中。

友人骑马远去的背影由实到虚，写出了作者的深情。

◎ 诗歌故事

文武分途是到宋朝才开始的事情，在唐之前，文人从军非常普遍。诗人岑参是典型文人，26 岁进士及第，三年后获授率府兵曹参军，后两次从军边塞。

岑参原本出身显赫的官宦世家，在《感旧赋》中他曾说过："国家六叶，吾门三相。"也就是说，他们家族先后出过三位宰相，曾祖、伯祖、伯父都因文墨不凡而名动朝野，父亲也两任州刺史，家世显赫得很。但到了岑参这一代，因为父亲的早亡，他们的家族遭遇了灭顶之灾，这样的孩子心中往往都有一种中兴家族的愿望，身上所背负的重担也比普通人要重一些。

最终通过岑参自己的努力，写就了一份丰富多彩的人生答卷，他一生多地游历做官，并在西北边疆做过实际的军事工作，最终在成都落脚，可以说从塞外到江南都留下了岑参的足迹。正是有了这样复杂的经历，在唐代诗人竞争如此激烈的情况下，岑参的边塞诗依然独树一帜，成了唐代边塞诗的代表，让后来无数的人都能领略到唐代边塞风光那种独有的美。

无障碍阅读

天山：中国新疆地区主要山脉，诗歌中常用来代指边疆地区。

作家介绍

岑参（约715—约770），荆州江陵（今湖北江陵县）人，或说南阳棘阳（今河南南阳市）人，盛唐边塞诗代表人物，与高适并称"高岑"；曾任嘉州（今四川乐山市）刺史，故世称"岑嘉州"。诗文以意境新奇、气势磅礴、风格奇峭著称，边塞诗尤多，代表作有《白雪歌送武判官归京》，陆游曾称赞"以为太白、子美之后一人而已"。

佳句背囊

"我寄愁心与明月，随风直到夜郎西。"
出自李白《闻王昌龄左迁龙标遥有此寄》，同样表达了作者对朋友的那种不舍与思念，尤其是同样运用了想象和夸张的手法，仿佛作者亲自跟随朋友去了遥远的地方一样。

本文作者

头条号"昭烈名臣"，一个热爱生活的非典型中年不油腻大叔。

日暮酒醒人已远，满天风雨下西楼

谢亭送别

（唐）许浑

劳歌一曲解行舟，红叶青山水急流。

日暮酒醒人已远，满天风雨下西楼。

◎ **诗临其境**

许浑是晚唐诗人，这首送别诗历来为人所称道。

"送君千里，终须一别。"从"送别"二字来看，无论相送多少路程，总是难免一别的。此时此刻正值深秋，看着两岸青山，霜林尽染的红叶丹枫，映衬着一江碧绿的秋水，诗人对友人说：

唱完送别之歌，你就解开行舟远去，两岸是青山红叶，江水急急向东流。

等到太阳落山的时候，我从酒醉中醒来，而你已走远，只有满天风雨送我离开西楼。

◎ 一句钟情

"日暮酒醒人已远，满天风雨下西楼。"

写送别之意的诗句，在古代诗歌中不胜枚举，其中不乏千古流传的名句，比如初唐诗人王勃的"海内存知己，天涯若比邻"。可是笔者独独喜欢这一句，因为这句诗着重写出了送别之人将友人送走之后的独特心绪。

朋友乘舟走远后，诗人在原地小憩了一会儿。别前喝了点酒，微有醉意，朋友走后，心绪不佳，竟不胜酒力，睡着了。一觉醒来，已是薄暮时分。

举目四望，不知从什么时候开始下起了雨，两岸的青山红叶都已经笼罩在蒙蒙雨雾和沉沉暮色之中。而朋友的船，此刻更不知道随着急流驶到云山雾嶂之外的什么地方去了。

暮色的苍茫黯淡，风雨的迷蒙凄清，酒醒后的蒙眬恍惚，诗人感到无法承受这种环境气氛的包围，于是默默无言地独自从风雨笼罩的西楼上走了下来。

友人出门远行，还有诗人前来相送。可是送走友人之后，诗人却无人相伴，只能独自一人，在漫天风雨中落寞地离开这令人伤心的送别之地。

◎ 诗歌故事

许浑在后世名声不显，其实才华很突出。《唐才子传》中说他"乐林泉，亦慷慨悲歌之士……至今慕者极多"。这从"日暮酒醒人已远，满天风雨下西楼"一句就可见出。他的一些诗经常被误入杜牧作品中，也可见其诗作水平。

关于许浑，还有一个有趣的故事。许浑在襄州的时候碰见了他的老朋友房千里，他们虽然很早就认识了，关系也非同一般，但是种种原因，两人很多年都没有机会见面。此时路遇，喜何如之！

两人相坐而谈，喝了几杯酒之后，房千里对许浑说："我喜欢上了一个姓赵的姑娘，她不仅年轻貌美，楚楚动人，而且多才多艺，尤其是写得一手好诗。我这次出来办事的时候，她赠给我一首诗，其中两句是'只应霜月明君意，缓抚瑶琴送我愁'。这么多天以来，我一直在惦记着给她回两句诗，可是想来想去，却怎么也想不出比较完美的一句来。"

听到这里，许浑算是明白了房千里的苦恼，哈哈大笑，当即要来纸笔，写下两句诗送给房千里："为报西游减离恨，阮郎才去嫁刘郎。"

这两句以女子的口吻向房千里赌气地说："既然你要扔下我而自己去远游，为了减轻我心中的离别之恨，我决定等你一离开，我就嫁给别人！"语气贴切而不失幽默。

从这个故事也可看出许浑的才华确实非同一般。

无障碍阅读

谢亭：又叫谢公亭，为南齐诗人谢朓任宣城太守时所建，在今安徽宣城。谢亭是著名的送别之地。
劳歌：原本指在劳劳亭（旧址在今江苏南京，著名的送别之地）送客时唱的歌，后来成为送别歌的代称。

作家介绍

许浑（约791—约858），字用晦（一作仲晦），唐代诗人，润州丹阳（今江苏丹阳）人。晚唐最具影响力的诗人之一。

佳句背囊

"孤帆远影碧空尽，唯见长江天际流。"
出自李白的《黄鹤楼送孟浩然之广陵》。这句诗以绚丽斑驳的烟花春色和浩瀚无边的长江为背景，描绘了一幅意境开阔、色彩明快的送别画面。与"满天风雨下西楼"的惆怅形成了鲜明的对比，却一样极富感染力。

"英雄一去豪华尽，惟有青山似洛中。"
出自许浑《金陵怀古》。诗句深刻地慨叹了六朝古都金陵的兴亡故事，可谓一句惊人，传名于世。

本文作者

旧人旧事历史说：文史爱好者，连载有长篇历史架空小说《千秋帝业》。

离恨恰如春草，更行更远还生

清平乐

（五代）李煜

别来春半，触目愁肠断。砌下落梅如雪乱，拂了一身还满。

雁来音信无凭，路遥归梦难成。离恨恰如春草，更行更远还生。

◎ **诗临其境**

作为帝王，李煜的身份很特殊。因为他是南唐的亡国之君。

他本来以为自己不会亡国，因为他每年都派人给宋朝献很多礼物。

有一年，他派他的弟弟去宋朝献礼，没想到因此就被扣留在北方。李煜非常思念他的弟弟，想必也很后悔为什么要派弟弟去送礼。于是，在一个春天的日子里，词人触景生情：

自从我们分别以来，春天已经过去了一大半，映入眼帘的景物使我感受到断肠一般的痛苦。台阶下白梅花飘落，如同雪花飞舞，纷乱地掉在我身上。我用手掸去它们，但不知不觉间又落满了一身。

大雁虽然飞回来了，可是没有信，不知道你那边到底发生了什么事。回家的路那么远，很想做个美梦回到江南，可是因为常常失眠，常常惊醒，仿佛连做梦都有点难了。

这种离别的恨，就像春天的草一样，你走得越远，它越是生长得茂密。

◎ 一句钟情

"离恨恰如春草，更行更远还生。"

这句诗，既含蓄，又形象。

离恨，是一种心理感受，它是看不见又摸不着的。但是，春草就不同了。它是一种植物，这种植物的特点是"春风吹又生"。春草有着旺盛的生命力，它是那么生机勃勃，也常常给人一种充满希望的感觉。

为什么说"更行更远还生"？因为不管在天涯海角，春草总是长满路边，它连绵不断地向远处生长，处处都能够扎根繁衍。作者将离恨比作春草之蔓延滋生，绵绵不绝，永无尽期，消除不了。同时，茂盛的春草总是催人早日归家。这也是作者希望亲人早日归来的深意。

这两句，手法新颖，情深意长，蕴含丰富，意味隽永，历来受人称赞。

◎ 诗歌故事

李后主是富贵的第三代——他的祖父是皇帝，父亲也是皇帝，到他做皇帝的时候，就有一点不耐烦了。祖父那一代要北伐中原，到了父亲那一代，已经不太想了，再到孙子辈，连想也不想了，就是玩。江南又非常富有，于是他们在皇宫里天天吃喝玩乐。

虽然我们常常说"富不过三代"，但是从另一个方面来看，富贵的第三代，也可以说是最幸运的人。祖父打天下，父亲守成，孙子干什么呢？当然就是挥霍。富贵到了第三代，常常出现类似的情况：他们过着华贵、富丽，又有点糜烂的生活。

作为一个偏安江南的皇室的第三代，忽然有一天，北方赵匡胤建立的宋朝要统一天下，他们发兵南下，李煜就变成了俘虏，被抓到北方的汴京，宋太祖封他为"违命侯"。

当听说宋朝大军南下的时候，李后主吓了一跳：怎么打仗了？亡国让这个聪明绝顶的人突然体验到了从繁华到幻灭的过程。

从大繁华到大幻灭，对李煜来说，是天上人间。作为国君，李煜无疑是失败的；作为词人，他却取得了巨大的成功，给后人留下了众多深沉而伤感的词作。

无障碍阅读

雁来：古人视大雁为信使，可以传递书信。

作家介绍　李煜（937—978），南唐元宗李璟第六子，初名从嘉，字重光，号锺隐、莲峰居士，徐州彭城县（今江苏徐州）人，南唐末代国君。精书法、工绘画、通音律，诗文均有一定造诣，尤以词的成就最高，对后世词坛影响深远。

佳句背囊　"已是黄昏独自愁，更著风和雨。"
出自陆游《卜算子 · 咏梅》：黄昏里独处已够愁苦，又遭到风吹雨淋，真是愁上加愁。

本文作者 ——————

徐沈逸，上海大学附属中学语文教师，上海市科普作家协会会员。

第二辑

造化有神奇

大自然中有神奇，只是需要诗人用一双慧眼去发现。充分联想，适当夸张，妙句天成。

买得一枝春欲放

减字木兰花

（宋）李清照

卖花担上，买得一枝春欲放。泪染轻匀，犹带彤霞晓露痕。

怕郎猜道、奴面不如花面好。云鬓斜簪，徒要教郎比并看。

◎ 诗临其境

李清照，宋代女词人，是婉约词派代表，有"千古第一才女"之称。此词作于李清照和丈夫赵明诚新婚燕尔之际，夫妻俩情投意合，生活中处处都充满着浓情蜜意，宛如热恋中的人儿。那个"寻寻觅觅，冷冷清清"的李清照，原来还有娇嗔可爱的一面。

关于婚后日常，词人是这样说的：

清早起来，买了一枝含苞待放的花，花瓣上还残留着露水的痕迹，花枝摇曳，楚楚动人，真是我见犹怜。

既然花儿这么漂亮，若是夫君见了，会不会觉得我的容貌不如花呢？于是我就将花插在云鬓间，定要让他比一比，到底哪个更漂亮。

◎ 一句钟情

"买得一枝春欲放"，这一句读来特别生动。

词中的李清照，俏皮可爱，尽显小女儿姿态，又带着一点初为人妇的娇羞。明明是花儿含苞待放，词人偏偏要说"春欲放"，这里的"春"，既可以是花儿，也可以是春天、春意，还可以理解成青春的意思。

花儿积攒了半生的努力，想要在那个爱花的人手中肆意绽放，这花儿的心思，不正是词人的心声吗？

百年修得同船渡，千年修得共枕眠。所嫁之人正是心中所爱，在那个"父母之命、媒妁之言"的年代实属难得。李清照是多么幸运，恰好在最美的年华里遇见了夫君赵明诚。

所以，词中的"春欲放"看似写花，实则是写自己得遇良人的欢欣，以及对未来生活充满期待的喜悦。

◎ 诗歌故事

李清照和赵明诚的爱情故事，一直为后人津津乐道。

据说，赵明诚年少时曾梦到一个字谜，字谜的谜底就是"词女之夫"，放眼整个宋朝，能称为"词女"的唯有李清照一人而已。

缘分来的时候，真是挡也挡不住。

有一天，少女李清照在院子里荡秋千，恰好撞见了那个前来商议婚事的少年。她慌忙躲藏，却不小心遗落了珠钗。"和羞走，倚门回首，却把青梅嗅。"她一边忙着躲，一边又忍不住回头张望。一缕情思，也悄悄在心底蔓延开来。

公元 1101 年，这一年，李清照 18 岁，赵明诚 21 岁，二人喜结连理。在家世上，两人的父亲都是朝廷重臣；在文才上，李清照早已凭借"知否，知否，应是绿肥红瘦"闻名词坛，赵明诚则是前途无量的太学生，并且在金石字画鉴赏方面已小有成就。这一对璧人家世相当、志趣相同，一段传奇佳话由此开始。

婚后的李清照，依旧如少女时期一样机灵俏皮，夫妻俩时而泛舟湖上，采花露烹茶，时而抱着新酿的美酒，举杯邀明月，时而共赏金石字画，补录整理古籍，倒也是优哉游哉。

不管身处哪个时代，所有女子都有一个共同心愿，那就是嫁给所爱的男子，和他笑，和他闹，和他白头偕老，李清照也不例外。只是天不遂人愿，身处两宋之交，战乱频繁，又时常受到政治上的牵连，李清照夫妇总是聚少离多。"莫道不销魂，帘卷西风，人比黄花瘦"，难怪李清照留下了那么多相思词，原来梧桐细雨，点滴都是相思泪。

公元 1129 年，李清照 46 岁，49 岁的赵明诚因病去世。

生命虽然消逝了，他的神魂却活在了李清照的词作里，流传千古。比起梁鸿孟光的"举案齐眉"，或许李清照夫妇这样的"烟火夫妻"才更让人羡慕吧。

减字木兰花：词牌名。

奴：女子自称。

云鬓（bìn）：鬓发多而美，蓬软如云。

郎：在古代是妇女对丈夫的称呼。

作家介绍

李清照（1084—约1155），号易安居士，齐州济南（今山东省济南市章丘区）人。宋代女词人，婉约词派代表，有"千古第一才女"之称。创作理论上，提出词"别是一家"之说；作品独树一帜，被称为"易安体"；有《漱玉词》。代表作品如《一剪梅·红藕香残玉簟秋》《如梦令·昨夜雨疏风骤》《如梦令·常记溪亭日暮》《声声慢·寻寻觅觅》《武陵春·春晚》《渔家傲·天接云涛连晓雾》等。

佳句背囊

"江南无所有，聊赠一枝春。"

出自南北朝陆凯的《赠范晔诗》，江南没啥好东西可以表达我的情感，姑且送给你一枝报春的梅花以表祝福。"一枝春"，是借代的手法，以一代全，象征春天的来临，也隐含着对相聚时刻的期待。

本文作者 ————————

我是书谜，一个热爱诗词国学的"90后"。

应是天仙狂醉，乱把白云揉碎

清平乐

（唐）李白

画堂晨起，来报雪花坠。

高卷帘栊看佳瑞，皓色远迷庭砌。

盛气光引炉烟，素草寒生玉佩。

应是天仙狂醉，乱把白云揉碎。

◎ 诗临其境

这是李白以"清平乐"这个词牌写的一首词。当然也有人说这首其实是后人读李白《清平乐》后，有感而作的。这里我们不追究真实的作者是谁，而是单纯地来欣赏这首富有想象力的《清平乐》吧。

清晨，在堂上睡醒起来，听人来报，说外面下了很大的雪。

遂起身，高高卷起帘子，向外望去。大地苍茫一片，皑皑白雪由远及近，攀上庭阶。

雪花漫天飞舞，如同炉烟蒸腾，地上银装素裹，花草如挂满了一身玉佩。

莫不是天仙醉了酒，把白云揉碎撒落凡间，才有了这般景象吧？

◎ 一句钟情

"应是天仙狂醉，乱把白云揉碎。"

这句诗妙在有趣，妙在浪漫。

有趣之处在于，将雪比作揉碎了的云，很难得、很新奇。

古人对雪的比喻很多，杨花、柳絮、鹅毛、梨花……还有比作撒盐的。而在这里，由白云到雪，有一个"揉碎"的动态过程，诗人通过大胆地想象雪的"起源"，为诗句增加了一层趣味性。

浪漫在哪里呢？天上的仙人喝醉了酒，抓起白云揉着玩，随手一丢，成了凡间的一场大雪。仙人不经意的一个动作，将天上与凡间联结在了一起，这样的缘起很微妙。

一个"醉"字和一个"揉"字，把仙人慵懒、闲适、安逸的醉态都展现出来了。身体的自然舒展，心灵的自由放松，成就了这一份浪漫。

假如仙人没喝醉，造雪是他的工作，那就没有这般意境了吧。

◎ 诗歌故事

有人说，"应是天仙狂醉，乱把白云揉碎"里的"天仙"就是李白，原因有二：

首先，李白正好有"谪仙人"的称号，是诗人贺知章起的，意思是说，李白原本是天上的仙人，因为犯了错，被贬下凡间，所以成了"谪仙人"。李白很喜欢这个称号，在《答湖州迦叶司马问白是何人》里写道："青莲居士谪仙人，酒肆藏名三十春。"你看，又是酒，又是仙，不是刚好跟"天仙狂醉"相呼应了吗？

其次，李白爱喝酒是出了名的。杜甫的《饮中八仙歌》中写道："李白一斗诗百篇，长安市上酒家眠。天子呼来不上船，自称臣是酒中仙。"意思是说，李白饮酒一斗，就能赋诗百篇，常常在长安酒肆中喝醉酣眠。天子找他写诗，他也不肯去，还自称是酒中仙人。

我特别喜欢李白的饮酒诗，有种独特的艺术感。"我醉欲眠卿且去，明朝有意抱琴来"，无拘无束，快活洒脱；"将进酒，杯莫停。与君歌一曲，请君为我侧耳听"，豪纵狂放，酣畅淋漓；"举杯邀明月，对影成三人"，超脱飘逸，超然物外。倘若没有酒，世间大概会少许多好诗吧。

我想，倘若李白真成了天上的仙人，大概真的会终日抱着酒坛，跷着二郎腿，梦里念着句什么诗，时不时地，为人间造一场白色的雪吧。

无障碍阅读

清平乐：唐代教坊曲名。
佳瑞：白雪，瑞雪。
盛气：雪花纷扬的气势。
光引炉烟：景象如同引发的蒸腾炉烟。

佳句背囊
"我疑天仙织素练，素练脱轴垂青天。"
出自元末明初诗人杨维桢《庐山瀑布谣》，这首诗描写的是庐山瀑布之景。"我疑天仙织素练，素练脱轴垂青天"，意思是说，瀑布从天上飞流直下，仿佛是仙人织就的白练一般。与"应是天仙狂醉，乱把白云揉碎"相比，都是诗人被奇异的自然景色震撼，赞之是天仙杰作，且都用了比喻的手法，极富想象力。

本文作者

小新：浙江杭州人，喜读书作文。

无情有恨何人见，露压烟啼千万枝

昌谷北园新笋四首

（唐）李贺

其一

箨落长竿削玉开，君看母笋是龙材。

更容一夜抽千尺，别却池园数寸泥。

其二

斫取青光写楚辞，腻香春粉黑离离。

无情有恨何人见，露压烟啼千万枝。

其三

家泉石眼两三茎，晓看阴根紫脉生。

今年水曲春沙上，笛管新篁拔玉青。

其四

古竹老梢惹碧云，茂陵归卧叹清贫。

风吹千亩迎雨啸，鸟重一枝入酒尊。

◎ 诗临其境

李贺素以"鬼才"闻名，与"诗仙"李白、"诗圣"杜甫、"诗佛"王维齐名。

短短 27 载年华，李贺经历了中唐德、顺、宪三朝皇帝。虽然一生命途多舛，但是李贺内心的雄心壮志从未熄灭过。他一直胸怀兼济天下之心，建功立业之志，这一组咏笋诗正是他这种心情的真实写照。

笋壳片片脱落，新竹节节拔高，晶莹透碧，堪作龙材。倘使纵情生长，便可夜抽千尺，脱却尘泥，直上青云。

青皮剥落，题诗竹上，却只见白粉光洁，墨汁淋漓。新竹无情，却愁恨满怀，谁人能够看见？积露滴落，压低竹枝竹叶，恍若雾里哀啼。

穿过庭院的泉水石缝，新长出两三茎竹枝，清晨的野郊路旁，新笋刚刚探出头来。想必今年的水湾沙岸，新竹会像青玉般苍翠挺拔。

老竹虽老，依然挺拔，而我年纪尚轻，却如病归茂陵的司马相如一般，甘守清贫。千亩之竹，风吹竹声，仿佛雨啸；风和景明之时，鸟栖枝头，其景映入酒樽之中，格外静谧安闲。

◎ 一句钟情

"无情有恨何人见，露压烟啼千万枝。"

这句诗，虚虚实实，仿佛道尽了李贺一生的故事。

李贺喜竹爱笋，常以青竹玉笋自比。从表面上看，竹的形态是实，人的感情是虚，实际上恰恰相反。竹本"无情"，一经题诗，也就沾染了人的情绪，翻作有情了。竹的形象也因此丰满起来，成为情的载体，情的契合。看似写竹的愁苦，实际是写李贺自己的怨情。但他怨而不丧，虽然坎坷无数，却从未放弃前进的希望。

◎ 诗歌故事

李贺生于中唐时期，唐宗室郑王后裔，7岁能诗，8岁能文，十来岁就赢得"鬼才"的称号。然而，他这一生总是事与愿违，与梦想擦肩而过，想金榜题名、出人头地，却被剥夺了考试资格；想拜相封侯、报效国家，却只能当个九品小官；想征战沙场、建功立业，却连部队都被遣散。

世俗意义上的李贺，完全是一出悲剧，可在文学世界，他凭借精巧的构思，无穷的想象，将才华付诸笔端，用手中的笔为自己建造了一座瑰丽的诗歌殿堂。

在他的诗里，上至仙宫，下到幽冥，皆可作为素材，然后在奇诡的想象中编织成一段美妙的篇章。

他用奇峭的修辞逐字雕琢，写下"塞上燕脂凝夜紫"；以奇特的想象达成通感，拟出"昆山玉碎凤凰叫"等名句。

虽然李贺的一生被失意裹挟，过着庸碌、凄苦的生活，但他从未在坎坷中放弃希望，反而迸发出更大的激情与热情，给生活予诗意。古往今来，诗人怀才不遇、壮志难酬的现象已屡见不鲜，李贺的悲剧就是一个典型。他们并不是不优秀，只是在政治、文化等多重因素影响下惨遭压迫。

清人赵翼的解释是"国家不幸诗家幸，赋到沧桑句便工"，命运为你关上一道门，就会为你打开一扇窗。

无障碍阅读

箨（tuò）落：笋壳落掉。

腻香春粉：新竹散发出浓郁的芳香，竹节上布满白色粉末。

斫（zhuó）：用刀斧砍。

新篁（huáng）：新生的竹子，指嫩竹、新笋。

古竹：老竹，与新笋相对。

佳句背囊

"无情有恨何人觉，月晓风清欲堕时。"

出自晚唐诗人陆龟蒙《白莲》，巧妙地化用李贺的"无情有恨何人见，露压烟啼千万枝"，从冷艳肃杀的咏竹诗改咏温柔敦厚的白莲。诗人笔下的白莲凌波独立，无情却有恨，在晓月清风的陪伴下寂寞地自开自落。

本文作者

冬月，认认真真码字，踏踏实实生活，身体与灵魂总有一个在路上。

杨花榆荚无才思，惟解漫天作雪飞

晚春二首（其一）

（唐）韩愈

草树知春不久归，百般红紫斗芳菲。

杨花榆荚无才思，惟解漫天作雪飞。

◎ 诗临其境

韩愈在文学方面的主要贡献，就是对中唐文风的改变，即他提倡的古文运动。他的为文观点，就是要"文以明道"。

韩愈终其一生，政治抱负远大，他的为文观点，亦反映在坚守古圣先贤之道的政治生涯里。元和十年（815）正月，韩愈任中书舍人，赐服绯鱼；但是，就在当年五月，因赞同对淮西与蔡州用兵，得罪了宰相李逢吉、韦贯之，被借故改任为太子右庶子。

虽然太子右庶子的官阶看起来比中书舍人还高，但因为没有实权，不能直接参与机要政务，所以实际上是被降职了。这首《晚春》，正是作于这一年。

看诗人是如何借晚春时节草木的奋发争先，来抒发自己内心激昂情感的：

大地上自由生长的花草树木，已然知道这个短暂的春天即将归去，纷纷展示出最美丽的色彩，用这种争奇斗艳的方式想要留住春去的脚步。

杨花和榆荚哪有什么美姿，就像心无才思笔无佳句的人，却也想在春光里争当主角，只能将片片乱絮化作漫天的雪飞。

◎ 一句钟情

"杨花榆荚无才思，惟解漫天作雪飞。"

本是平常物，却在这一句诗里有了回味无穷的意境。

且不论诗人想借杨花榆荚来表达怎样的情绪，单单是以"才思"赋予此般寻常物情感，这种新意令人意想不到。

如纷纷乱雪，那些乱絮漫天飞舞的姿态，恰如不知道自己该寻求什么的迷茫之人一样，此情此景，如在眼前，引发多少人的情感共鸣。

联想到这一幕发生在晚春时节，很多人都会因美好春天的即将逝去而倍增伤感，也有人会在易逝的光阴里迷失自己，就如不知所止的如雪飞絮。

◎ 诗歌故事

苏轼评韩愈"是皆有以参天地之化，关盛衰之运"，赞其所作之文中充塞着天地之豪气。

韩愈坚守自己的为文之道、为人之道，面对来自世俗的阻力，他的内心是孤愤的，但他又不是消极地悲伤，而是以积极阳光的心态去奋争，所以在他的诗中蕴含着呼之欲出的蓬勃力量。

韩愈身处朝堂，最大特点就是敢说真话，别人不敢说的话他敢据理直言。

韩愈曾任监察御使，他在查访关中地区后发现，大旱导致灾民四处乞讨，当地饿殍遍野。而京兆尹李实却封锁灾情消息，向上谎报关中丰收，百姓生活富足。韩愈非常愤怒，写了《论天旱人饥状》上疏，没想到反而遭李实等人诬陷，被贬为官职卑微的县令。

虽因直言而遭贬谪，但韩愈据理力争、无所畏惧的性格始终未变。李贺年少即有才名，但因为其父亲名字中的"晋"与"进"同音，犯了"嫌名"，故而李贺不能举进士。韩愈爱才，专门引经据典，大胆写就《讳辩》一文，为李贺鸣不平，其真率敢为之性情可见一斑。

苏轼还盛赞韩愈"文起八代之衰"。这样高的评价，不只是指韩愈之文章，还应代表了韩愈的非凡人格魅力。

无障碍阅读

榆荚：也称榆钱。

才思：才华与妙思。

惟解：只知道。

作家介绍

韩愈（768—824），字退之，河南河阳（今河南省孟州市）人，自称"郡望昌黎"，世称"韩昌黎""昌黎先生"。唐代古文运动倡导者，"唐宋八大家"之首，有《韩昌黎集》传世。

佳句背囊

"未若柳絮因风起。"

出自东晋才女谢道韫笔下。谢道韫将漫天飞雪比作春风里的纷扬柳絮，与韩愈的比拟妙思有着异曲同工之妙。也因这一佳句，谢道韫之才名天下尽知，后人常以"咏絮之才"来称赞女子有非常才能。

本文作者

王福利，出版《〈诗经〉是一本故事书》《〈楚辞〉是一本故事书》等著作，获冰心散文奖等奖项。

别有根芽，不是人间富贵花

采桑子·塞上咏雪花
（清）纳兰性德

非关癖爱轻模样，冷处偏佳。别有根芽，不是人间富贵花。

谢娘别后谁能惜，飘泊天涯。寒月悲笳，万里西风瀚海沙。

◎ 诗临其境

作者纳兰性德是康熙身边的御前侍卫，曾多次随皇帝南巡北狩，游历四方。

那一天，当他行至塞外之时，适逢大雪天气，被那壮观的雪景所惊艳。

作者写道：

雪花纷纷扬扬地飘洒下来，而我喜欢的不是雪花那轻盈飘逸的身姿，而是因为它那冰清玉洁的精神。它们不像人间的富贵名花那样娇气，她别有来处，独自生长在这寒冷之地。

谢道韫才貌双全，因著名咏雪篇而为人所知，但是在她死后，还有谁怜惜这雪花呢，它只能落得在这寒风和悲笳声中，任西风席卷着，在浩瀚的沙漠间漂泊。

◎ 一句钟情

"别有根芽，不是人间富贵花。"

作者这一句是咏雪，也是借物言志。

雪花似花却不是花，无根却又似有根，与世间的牡丹、海棠等不同，人间的富贵花需要阳光、雨露、和风、细雨，争芳斗艳希望得到人们的观赏。

而雪花不一样，它们自有风骨，不怕寒冷，耐得寂寞，即使无人观赏，也开得异常美丽。

这里也表达了作者自己的心境，纳兰性德虽出身名门，身处富贵，但是他淡泊名利，待人真诚，品格高尚，十分厌倦官场中的庸俗虚伪。

他希望自己能像雪花一样至情至性，至清至洁，同时也希望能像雪花一样，在天地间无拘无束，自由洒脱。

◎ 诗歌故事

词中的"谢娘"，是指晋代王凝之的妻子谢道韫，因咏雪而出名。

《世说新语》中记载，一天谢安与子侄们一起讨论诗文。看着外面下的大雪，谢安问大家："这纷纷扬扬的大雪像什么啊？"侄子说："撒盐空中差可拟。"跟把盐撒在空中差不多。谢道韫则回答说："未若柳絮因风起。"不如比作风把柳絮吹得漫天飞。

谢安十分高兴，夸谢道韫比喻得精妙。

也因为这个著名的故事，谢道韫与汉代的班昭、蔡琰等人成为中国古代才女的代表人，而"咏絮之才"也因此流传下来，成为后来人们称赞有文才女性的常用的词。

作家介绍

纳兰性德（1655—1685），满洲正黄旗人，叶赫那拉氏，字容若，号楞伽山人，大学士明珠长子，母为英亲王阿济格第五女爱新觉罗氏。深受康熙皇帝赏识，授一等侍卫衔，多次随驾出巡。是清代最著名的词人之一。"纳兰词"题材涵盖爱情、边塞、悼亡，等等，其中爱情、悼亡和乡思的题材最为凄婉动人，在清代以至整个中国词坛上都享有很高的声誉，在中国文学史上也留下了浓墨重彩的一笔。著有《通志堂集》《侧帽集》《饮水词》等。

佳句背囊

"驿外断桥边，寂寞开无主。已是黄昏独自愁，更著风和雨。无意苦争春，一任群芳妒。零落成泥碾作尘，只有香如故。"

这是陆游的《卜算子·咏梅》，与本篇的《塞上咏雪花》有异曲同工之处，都是借物言志，描写了它们与世俗的繁花不同，而是选择在严峻寒冷的环境中顽强盛开的高洁精神。

我们无论学习还是处世也一样，不能遇到困难就退缩，而是应该坚强勇敢，迎难而上，只有经历了苦寒的磨难，才能取得让人欣慰的成就。

本文作者

采风姑娘，原名王采风，"80后"，现居山东济南，喜欢读书，尤爱诗词。

燕山雪花大如席，片片吹落轩辕台

北风行

（唐）李白

烛龙栖寒门，光曜犹旦开。日月照之何不及此？惟有北风号怒天上来。

燕山雪花大如席，片片吹落轩辕台。幽州思妇十二月，停歌罢笑双蛾摧。

倚门望行人，念君长城苦寒良可哀。别时提剑救边去，遗此虎纹金鞞靫。

中有一双白羽箭，蜘蛛结网生尘埃。箭空在，人今战死不复回。

不忍见此物，焚之已成灰。黄河捧土尚可塞，北风雨雪恨难裁。

◎ 诗临其境

李白被奉为"诗仙"，作诗多喜用神话传说和夸张的手法，素材大多取自民间的所见所闻，大气洒脱，诗风豪迈奔放，是浪漫主义的代表，与"诗圣"杜甫堪称唐代文学界的"双子星座"。

51 岁那年，李白游幽州，见一妇人倚门思念打仗牺牲的丈夫，于是他有感而发：

传说烛龙常年生活在极寒之地，睁眼为昼，闭眼为夜，一睁一闭间犹有光照。为何日月之光却独独照不到燕山来呢？我只见到北风呼啸，仿佛老天降下的怒罚。雪花大得像竹席，一片一片使劲往轩辕台上降落。

幽州妇人整日紧锁眉头，倚靠门槛无言地望着来往的行人，想着丈夫在边关的苦寒，心中充满了哀愁。记得当时丈夫提着剑去边关抗敌的样子，只留下一个金色带虎纹的箭袋，里面装着白羽箭，挂在家中墙上，早已布满了尘埃与蜘蛛网。箭虽在，人却战死在沙场永远无法回来了。真不忍再见此物，徒添哀伤，把它烧成灰随风飘散吧。

黄河尚且捧土去填塞，可妇人心中的生死离恨，就像这漫天的风呀雪呀，凄凉得无边无际。

◎ **一句钟情**

"燕山雪花大如席，片片吹落轩辕台。"

这一句以夸张的手法来表达凄婉的心情。雪花像席子一样大，铺天盖地，让人躲无可躲。全诗没有一个"冷"字，却句句让读者感受到，无论是外在的环境还是内心的感受都处处体现出"极冷"之境。

诗中另外一句"北风号怒天上来",也气势夸张,让人想起李白的另一句"黄河之水天上来"。

◎ 诗歌故事

李白笔下的"雪花"常常给人以无限的遐想,正如李白的《清平乐》中同样写雪花的这句"应是天仙狂醉,乱把白云揉碎",李白把雪花看作天仙狂醉之后揉碎的白云撒落凡间,再一次将神话与夸张相结合,这是李白式的独特写作手法,既神秘又不失美的意境,引人入胜,浮想联翩。

李白尤其喜爱饮酒,酒是他作诗的灵感源泉。李白最终离世的原因里,有一种传说便是,他饮酒过度,伸手向江中捞月,结果落水,醉死于江中。可谓是为酒而生,因酒而亡。

李白的一生充满了传奇的色彩,写下众多脍炙人口的诗句,莫非真是"酒仙"下凡,醉了人间,让无数佳作流芳百世,让后世之人景仰。难怪贺知章当年看过李白的《蜀道难》之后,对李白欣赏有加,一见面便称李白为"谪仙人",这件事李白作诗写道:"四明有狂客,风流贺季真。长安一相见,呼我谪仙人。"

无障碍阅读

光曜（yào）：光亮，日月之光。

燕山：在今河北，古代是边塞苦寒之地。

轩辕台：纪念轩辕黄帝的建筑物。

双蛾摧：双眉紧锁。蛾，指女子的眉头。

鞞靫（bǐng chá）：箭袋。

佳句背囊

"危楼高百尺，手可摘星辰。不敢高声语，恐惊天上人。"

出自李白的《夜宿山寺》，其中的"手可摘星辰""恐惊天上人"也是用了夸张手法，也同样用鬼神之说来比喻当下的心情与人生的境遇。

本文作者

聚光灯娃娃，爱好哲学与国学。

疑是天边十二峰，飞入君家彩屏里

观元丹丘坐巫山屏风
（唐）李白

昔游三峡见巫山，见画巫山宛相似。

疑是天边十二峰，飞入君家彩屏里。

寒松萧瑟如有声，阳台微茫如有情。

锦衾瑶席何寂寂，楚王神女徒盈盈。

高咫尺，如千里，翠屏丹崖粲如绮。

苍苍远树围荆门，历历行舟泛巴水。

水石潺湲万壑分，烟光草色俱氤氲。

溪花笑日何年发，江客听猿几岁闻。

使人对此心缅邈，疑入嵩丘梦彩云。

◎ 诗临其境

　　李白是浪漫主义诗人，在仕途遇阻后，李白把更多精力放在了作诗和云游上。他的诗里多次提到三峡，比如著名的《早发白帝城》，就是李白描写三峡的经典名篇。而写这首诗时，李白却没有在三峡，而是在友人家里看到一扇屏风，有感而发所作。

开篇，李白由屏风上的画风切入，看画是画：

我当年游三峡时见过巫山，如今看见这扇屏风画上的巫山，又仿佛回到了那个时候。

中段，李白沉迷于画中的风景，仿佛走入画中，身在画中，带人畅想着远游，每一个人都感受到了鲜活的景观：

寒松摇曳仿佛发出声响，依稀可见的阳台山如有感情一般。那锦衣瑶席看起来很寂寞，楚王和神女当年的热恋也不能使其温暖。

接下来，我们随着诗人视线的转移，由远而近，从大到小，有层次地欣赏到了一幅别开生面的美丽画景：

巴水上的行舟近在眼前，万壑间水漫石滩，烟光里草色新鲜……

行舟，万壑，石滩，烟光草色，三峡的景色，充斥着我们的脑海，让人流连于久久的回味中难以忘怀。

◎ 一句钟情

"疑是天边十二峰,飞入君家彩屏里。"

我心疑是天边的巫山十二峰,飞到了你家里的屏风上。

李白看到屏风上的画作,没有直接赞美画作如何美,而是巧妙地说:不是你把巫山十二峰画得多么传神,而明明是巫山十二峰飞进了你的画里。这种别出心裁的表达,真是夸人夸到了骨子里,写作中值得学习。

李白的浪漫主义情怀,在这首诗里也展现得淋漓尽致,一扇简单的屏风,在李白笔下,似乎活了过来。

◎ 诗歌故事

元丹丘是一个道士,造诣颇深,李白二十岁时,就认识了元丹丘。他们曾一起在河南嵩山隐居,李白把元丹丘看作长生不死的仙人,称他为"逸人"。他们一生共同出游有22年,元丹丘算是李白最铁杆的好友。

这个时期,李白还有走上仕途的想法,多次前往长安,但与元丹丘的交情没有因此生疏,例如,"云台阁道连窈冥,中有不死丹丘生。明星玉女备洒扫,麻姑搔背指爪轻"(《西岳云台歌送丹丘子》)。李白还因为元丹丘结识了道教中的"女杰"玉真公主,并与元丹丘、元演先后在随州著名道士胡紫阳处"谈玄"。比李白稍晚的诗人魏颢在《李翰林集序》中说:"白久居峨眉,与丹丘因持盈法师达,白亦因之入翰林",透露出推荐李白入长安的关键人物，就是元丹丘与玉真公主。

李白写的诗中，提及元丹丘的，有十多首。在代表作《将进酒》中，李白说道："岑夫子，丹丘生，将进酒，杯莫停。"其中"丹丘生"就是元丹丘。

唐朝是一个尊崇道教的朝代，因为统治者姓李，又尊老子为始祖，有唐一代，道教的地位都比较高。

受环境影响，李白也信奉道家。李白和道教的渊源很深，他云游的时候，曾经去过很多道观，拜访了很多道士，李白也受过道箓，读过很多道家的经典著作，并且与当时一些有影响力的道教人士交往密切。

李白20岁时接受了道教的灌顶仪式，正式成为一名小道士。他写道："天上白玉京，十二楼五城，仙人抚我顶，结发受长生。"

崇道也是李白终生为求其生活非同凡响而努力从事的一件重要事情。

无障碍阅读

元丹丘：李白友人。
楚王神女：战国宋玉的名作《高唐赋》，曾虚构了巫山神女与楚王梦中相遇、欢会的故事。
盈盈：美好的样子。
咫尺：形容距离近，如"咫尺天涯"。

氤氲（yūn）：多用来形容云雾、烟气之类，浓郁、茂盛。

缅邈（miǎn miǎo）：遥远。

佳句背囊

"飞流直下三千尺，疑是银河落九天。"

出自李白的《望庐山瀑布》，其中的"疑是天边十二峰"与"疑是银河落九天"有相似之处，一个是怀疑天边十二峰，飞到了屏风里，一个是看到瀑布从高处流下，仿佛银河从九天之上落下。其实都是作者的一种想象，眼前的景色事物太过迷人，远远超过了它们本身的意境，作者类比了另一种情境。

本文作者

孟溪笔谈：怀有一颗武侠梦的高科技工程师，酷爱历史。

连峰去天不盈尺，枯松倒挂倚绝壁

《蜀道难》（节选）

（唐）李白

蜀道之难，难于上青天，使人听此凋朱颜！

连峰去天不盈尺，枯松倒挂倚绝壁。

飞湍瀑流争喧豗，砯崖转石万壑雷。

其险也如此，嗟尔远道之人胡为乎来哉！

◎ 诗临其境

天宝元年至天宝三年间，李白听闻好友王炎准备入蜀，内心有些惴惴不安。人们常说蜀地人杰地灵，可有谁知道其中艰险？为了规劝友人不要留恋蜀地，盼他早日归来，李白铺平宣纸，将一路的艰险尽述纸上：

进蜀道的路多么艰险，比那上青天还要难！人们听到这些，都会脸色突变。

你看那高耸的青山峰峰相连，离青天还不到一尺；枯松的老枝，就倒挂在陡峭的绝壁上呀！

瀑布飞溅，漩涡流转，轰隆声响彻云霄；巨大的水流推着万吨巨石在山谷中左击右撞，那撞击声比千雷同响还要震耳欲聋啊！

唉！如此险要之地，你这个远方而来的客人，为何非来这里不可呢！

◎ 一句钟情

"连峰去天不盈尺，枯松倒挂倚绝壁。"

这一句具体描写蜀道难，极致的高与险，极度的苍劲与荒凉，既夸张到玄奇，又细微至动人。

问山有多高？离天不足一尺而已。然而正是这不足一尺的距离，将想象的空间最大化地空留出来——青天有多高，蜀地的山就有多高，彼长此长、无穷无尽。从未见"高"字，却深觉高不可攀。

问山有多险？不过一枝枯松倒悬，任凭再强大的根系，也摆脱不了绝壁的束缚。白居易曾写《涧底松》："涧深山险人路绝，老死不逢工度之。"千年之松，孤长于绝壁，老死于悬崖，毕生不见人迹所至。从未见"险"字，却令人望而生畏。

◎ 诗歌故事

这首《蜀道难》，典故颇多，作者描写蜀地历史，写道："蚕丛及鱼凫，开国何茫然。尔来四万八千岁，不与秦塞通人烟。"

自远古以来，蜀地偏安一隅，依着重重山嶂、断崖深涧，便叫秦王也奈何不了。然而秦王野心勃勃，心心念念想要吞灭蜀国，无奈蜀地地势险峻，一夫当关万夫莫开，军队难以深入蜀地。

秦王狡猾，他得知当时的蜀王贪婪，便想出了一个妙计：叫人做了五只石牛，每天在石牛的屁股后面摆上一堆金子，对外谎称石牛是金牛，每天都会拉出金子来。金牛的消息传到了蜀王的耳朵里，贪婪的蜀王便派出使臣，向秦王求取金牛。秦王当然欣然应允，可蜀王又犯了难：这么大、这么重的金牛，要怎么运回蜀国去呢？

巧合的是，当时蜀国有五位大力士，人称"五丁力士"。他们力大无穷，蜀王便迫不及待地派他们去凿山开路，一路拖着金牛往回走，从而生生辟出了一条"金牛路"来。

金牛运到了蜀国，蜀王才发现，这牛本来就是石牛，哪可能拉出金子来呢？蜀王既生气又无奈，只得遣人将金牛送了回去，并嘲讽秦国人是"东方放牛儿"！

秦国的人听了，只笑笑说："我虽然是放牛儿，却要得到你们蜀国才甘心呢！"秦军正是借着蜀国人用石牛开出的道路，前往攻打并灭了蜀国。

其实，无论是"五丁开山"的神话，还是李白玄奇浪漫的想象，无一不是祖国壮丽山河的一句颂歌——"奇之又奇"，所以引人入胜。秀丽温婉也是美，峥嵘崎岖也是美，而赞颂美的方式也是多样的。

山与河，总是亘古不变，唯有想象力变幻无穷。不如就此敞开心胸，用内心最浪漫的情怀去拥抱山川河流，发掘万物别样的美丽。

无障碍阅读

湍（tuān）：指水流很急，或流得很急的水。

喧豗（huī）：豗是撞击或撞击声；这里指急流和瀑布发出的巨大响声。

砯（pīng）崖：砯本是指撞击声，用作动词，表示撞击、冲击。

佳句背囊

"欲渡黄河冰塞川，将登太行雪满山。"

出自李白的《行路难三首》。想要渡过黄河，坚冰却堵塞了大川；想要登上太行，大雪却覆盖了满山。诗人用"冰塞川""雪满山"来象征人生道路上的艰难险阻，形象生动，令人回味无穷。

本文作者

羽川（头条号：爬格子的羽川），出版作者，已出版作品《林徽因：做一个有才情的女子》，参与出版《小青春美文》《疫情期间的爱情》等数部作品。

巴陵无限酒，醉杀洞庭秋

陪侍郎叔游洞庭醉后三首（其三）

（唐）李白

划却君山好，平铺湘水流。

巴陵无限酒，醉杀洞庭秋。

◎ 诗临其境

唐肃宗乾元二年（759），李白因牵涉永王案，被流放夜郎。但途经夔州白帝城时遇到大赦，兴奋之下轻舟返归。朝辞白帝，夕至江陵，以为自己的仕途又有了新的转机。可惜一番活动之后，他的理想再次落空，只得悻悻离开。当行到岳阳的时候，碰上了自己的族叔李晔（李晔也被贬官，流放岭南）。叔侄二人同游洞庭湖，李白酒酣兴至，大笔一挥，写下了《陪侍郎叔游洞庭醉后三首》。

李白好酒，虽然狂放不羁，却也多少有借酒浇愁的味道。他向来自诩有宰执之才，却一直得不到重用。今日族叔两人把酒忆旧，情到浓处，诗情四溢：

（如果能把）君山削去该有多好，可让洞庭湖平铺开去肆意而流。

巴陵的美酒饮不尽，（我们）共同醉倒于洞庭湖的秋天。

◎ 一句钟情

"巴陵无限酒，醉杀洞庭秋。"

乍一看这句似乎有点语病，酒怎么能杀掉秋天呢？但细细品味，就会发现诗人运用了极度浪漫的想象力，巧妙嵌入了各种各样的"颠倒"，从而使得诗句具备了多层美感：

第一层。正常的写法，应该是秋天里诗人醉酒，但诗句的表达却是诗人用酒"杀"了秋天。这样一来，原本苦闷的借酒浇愁就增添了一层豪迈之情：我不是在喝酒，而是在用酒"杀掉"这无边的萧瑟的秋天！

第二层。"无限酒""洞庭秋"是一组颠倒了的夸张。杯中的酒是有限的，而秋天则是无限的。可是在诗人笔下，秋天只是此刻洞庭的一角，但酒却是无穷无尽。如果秋天会给人愁苦的负面情绪，而酒则是情绪的抒怀与释放，通过这种颠倒，诗人似乎看到了负面情绪的消失，而在展望未来的可能。

这样一来，整体的情绪就有了起伏和变化：最初是因为秋天的萧瑟和贬官而显得凄清沉郁，然后"醉杀"流露出了毫无顾忌的情绪释放，而细细品味，则又在秋的短暂与酒的无限里，看到了一些希望，整首诗歌的风格，就在阴暗中透出了光明。

◎ 诗歌故事

李白一生的悲剧，就在于理想和现实的落差始终未能填平。在别人眼里，他是个潇洒自如、浪漫不羁的诗人；但在他自己看来，却是个有济世救国才能而不得赏识的人。因此，李白诗歌的一个非常关键的主题，就是抒发理想不得实现的苦闷。这首《陪侍郎叔游洞庭醉后三首》也一样，尽管叔侄同游，诗人好像十分畅快，但千回百转之后，还是落到了未能实现政治抱负的低沉情绪上。

很遗憾，我们到现在，也没能看到李白身上到底有没有他所宣称的政治才能。但毫无疑问，这一点并不影响李白诗歌的伟大，甚至可以说，正是历史的局限，才让李白的诗歌读起来更加飘逸豪迈。

更进一步的是，如果后来人都能像李白一样，即便在追求理想的道路上历经坎坷，虽不能实现，却始终坚持不渝、情绪昂扬、积极乐观，那也是一件非常值得骄傲的事情。

无障碍阅读

侍郎叔：李白的族叔李晔，原本官职为刑部侍郎，后被贬谪。

刬（chǎn）却：刬，同"铲"；削去，削掉。

君山：洞庭湖中的小岛。

湘水：湘江。

杀：这里可以理解为"倒"，醉倒在洞庭湖的秋天里。

佳句背囊

"气蒸云梦泽，波撼岳阳城。"

出自唐代诗人孟浩然的《望洞庭湖赠张丞相》。"云梦泽"是古称，洞庭湖是云梦泽的一部分；"波撼"是指水波摇动。这句的意思是：茫茫水汽蒸腾着云梦泽，湖水的波涛撼动着岳阳城。和李白"巴陵无限酒，醉杀洞庭秋"一样，都嵌入了地名，但整体情绪却有天壤之别，气势宏大，震撼人心。

本文作者

王久衔，文学评论的蹒跚学步者，影视评论的隔山打牛者。临风曲短，杨柳岸长。

且就洞庭赊月色，将船买酒白云边

陪族叔刑部侍郎晔及中书贾舍人至游洞庭五首（其二）

（唐）李白

南湖秋水夜无烟，耐可乘流直上天。

且就洞庭赊月色，将船买酒白云边。

◎ **诗临其境**

这是李白游洞庭五首组诗中的第二首，时为肃宗乾元二年。李白的族叔，原刑部侍郎李晔被贬往岭南，在赴岭南途中逗留洞庭湖。李白被流放突遇大赦后自蜀地返归，另外还有一位原中书舍人、现被贬为岳州司马的贾至。三人一起泛舟洞庭湖，于是就有了这关于洞庭湖的传世名篇。

作为一首绝句，这首诗已经做到了所能做到的极致：三个失意之人（或者说两个人比较好，毕竟李白这次遇赦死里逃生，心情应该还是大好的），在夜色笼罩下的洞庭湖上，做了人们一直向往的惬意神仙般的人物。

前两句中，诗人对今夜的洞庭湖夜色不太满意：秋夜的洞庭湖上，此时的湖水没有那么多的水汽烟雾，这就不对了啊，想要做那仙境中人，得有一团一团、一股一股的烟雾啊，要不然又怎么乘着这水流去往天上呢！

诗人的落笔，随意而任性，他希望看到的是湖面、水汽烟雾和那天空能够融为一体，让自己，让所有人都仿佛生活在人间仙境之中。不过，这里的创想倒还没有那么"离谱"，真正让人瞠目结舌的是后面两句。

◎ 一句钟情

"且就洞庭赊月色，将船买酒白云边。"

这两句的意思大概就是：今夜的湖上月色正好，我便暂且跟洞庭湖打个商量，跟他赊上些湖面的月色，也好乘着船去那白云边的酒家换来些美酒。

比之前两句，诗人在这里显得更是任性，跟别人赊点酒倒也罢了，现在居然要跟洞庭湖神商量，将湖面上的月色都赊了走。我实在想不出，也想不明白，这样的想法到底是如何出现在一千多年前的诗人的脑海中的。

"赊月色"既然都出现了，诗人自然不愿空手而归，于是就有了"买酒白云边"的句子，那"白云边"也许就在洞庭湖岸边，那里有一个供人消费的"湖景"酒家。这么来看，这本来只是"有一点"浪漫的句子，但是这一句跟前一句连读之后，立刻就变得奇幻起来：诗人是要去往天上白云的尽头向仙家买酒吗？

此句一出，许多关于洞庭湖的诗作从此黯然失色。

◎ 诗歌故事

李白的传奇和他的故事人们听过不少，"谪仙人"这个称号，正是他因天马行空的诗作风格，以及任侠的性格所得来。在这首诗里，诗人的性格与创作风格体现得淋漓尽致。

作为李白来说，创作这首诗的时候刚刚遇上大赦，心情和同游的另两人李晔和贾至相比，恐怕算是三位失意之人中最痛快的一个。

从诗题中就可以看到，三人一起游洞庭湖，李白写了一组诗作，共计五首，这只是其中的一首。只需要读完这五首诗，就能清晰地读到李白等人游洞庭的故事，更能从他的诗句中以李白的视角看洞庭之上的景色。比如组诗的第一首中就有这样的句子，同样也能体现这一点：

洞庭西望楚江分，水尽南天不见云。

信手拈来的佳作，仿佛没有经过一丝锤炼，就这么呈现在我们眼前。读起来就已经与今天的这一首"赊月色"截然不同，分明让人感觉到诗人眼前水阔天高的景象，事实也正是如此，后两句"日落长沙秋色远，不知何处吊湘君"，意境深远。

其他三首诗同样如此。每一首诗都像在讲一个故事，或者讲述李白眼前的景象和他的心情，读其诗作的获得感，要远远强于我们在史书上读李白生平所带来的感受。诗歌所带来的犹如近在眼前的真切体验，是冰冷的文字陈述所无法替代的。

无障碍阅读

耐可：怎可，如何。
且就：暂且，姑且。

佳句背囊

"淡扫明湖开玉镜，丹青画出是君山。"出自李白的《陪族叔刑部侍郎晔及中书贾舍人至游洞庭五首》其五，全诗为："帝子潇湘去不还，空馀秋草洞庭间。淡扫明湖开玉镜，丹青画出是君山。"这两句的意思是：洞庭湖明净如一面拂去灰尘的玉镜；君山耸立在湖中，宛如一幅图画。想象生动，写景传神。

本文作者 ————————————————

十日读书闲话，自媒体作者。

词源倒流三峡水，笔阵独扫千人军

醉歌行

(唐)杜甫

陆机二十作文赋，汝更小年能缀文。

总角草书又神速，世上儿子徒纷纷。

骅骝作驹已汗血，鸷鸟举翮连青云。

词源倒流三峡水，笔阵独扫千人军。

只今年才十六七，射策君门期第一。

旧穿杨叶真自知，暂蹶霜蹄未为失。

偶然擢秀非难取，会是排风有毛质。

汝身已见唾成珠，汝伯何由发如漆。

春光潭沱秦东亭，渚蒲牙白水荇青。

风吹客衣日杲杲，树搅离思花冥冥。

酒尽沙头双玉瓶，众宾皆醉我独醒。

乃知贫贱别更苦，吞声踯躅涕泪零。

◎ 诗临其境

杜甫出身于官宦世家，远祖杜预是西晋时期赫赫有名的大将；祖父杜审言是膳部员外郎，同时也是唐朝很有名的诗人；父亲杜闲曾任兖州司马，后来又任乾县县令。可以说杜甫成长于"奉儒守官，未坠素业"的家世之中。

杜甫的侄子杜勤，小小年纪时就表现出不凡，长大后颇有才华。

天宝十四年春，杜勤在京城参加科举考试落第，杜甫给他送行时，写下了这首诗。

诗人从赞美杜勤的才华写起，到怜其怀才不遇，为其落第鸣不平，再到最后离别的惆怅与无奈。

此诗共分三段，每段八句。第一段是说侄子杜勤"少有奇才，文章冠世"，将其与西晋著名诗人陆机相比，又称赞他儿童时学书法进步神速，很有天赋。如今马驹儿已经长成汗血宝马，凶猛的鸟儿展翅高飞入云霄。

接下来"词源倒倾三峡水，笔阵独扫千人军"两句，具体称赞侄子的文章和书法：

佳词妙句如泉涌，那滚滚而来的磅礴气势，能让长江三峡之水为之倒流；用笔雄健如有万钧之力，可以独自扫荡千军万马。

第二段杜甫继续鼓励侄子：

你今年不过才十六七岁，原本对京城科举期望很高，自信满满，如今暂时马失前蹄也算不得什么。你如此才华出众，崭露头角并不难，羽翼丰满的时候，必然会迎风而起。又说你已成年，而伯父自然也就老了。

第三段开始抒情，在这春光融融的时节里，送落第的侄子归去，杜甫心中满是离别的思绪和难以诉说的惆怅之情：

客人都醉了，我却还醒着，"举世皆醉我独醒"，贫贱之人更伤离别，诗人不禁喑咽流泪。

◎ 一句钟情

"词源倒流三峡水，笔阵独扫千人军。"

这句是赞美人的文章和书法，用了夸张的手法，而显得特别有气势。让人想起《水浒》中武林高手"拳打南山猛虎，脚踢北海苍龙"的说法。

好的文章，会将我们带入作者的意象当中，读起来气势贯穿，作者笔下的文辞滔滔不绝，才思敏捷，文势磅礴，这正是"词源倒流三峡水"之感。

书法的妙处在气在力在势在韵，挥洒之处，不犹豫，不阻塞，上下贯通、气势天成，有形有神。正所谓"笔阵独扫千人军"。

◎ 诗歌故事

中国人向来爱讲天时地利人和。《孟子·公孙丑下》："天时不如地利，地利不如人和。"《孙膑兵法·月战"》："天时、地利、人和，三者不得，虽胜有殃。"

"词源倒流三峡水，笔阵独扫千人军。"虽然有笔扫千军的气势，但若置身于一个黑暗的朝代之中，依然会遭遇一些不公平的对待。虽然愤愤不平，最终也只能化为一声深深的叹息。

在唐朝由盛转衰的节点当中，有相当多的文人志士都无法展露一身才华和满腔抱负。

杜甫原本是一个家世好，文化背景和起点都好的人，年轻的时候不愁吃穿，一心只想做个潇洒的文艺青年，四处游走结交好友。可是不承想却遭遇了中年危机，在宰相李林甫的暗箱操作之下，杜甫及所有才子纷纷落榜。杜甫终身未曾考中进士。

这些都是在特定历史时期当中，无法回避的。但所幸的是，流传下来的这些诗句，足够我们传唱千古，也能感知到一个朝代的历史兴衰。

无障碍阅读

陆机：西晋诗人，曾作《文赋》。
总角：指儿童时代。
骅骝（huá liú）：赤色的骏马。
鸷（zhì）鸟举翮（hé）：凶猛的鸟儿展翅而飞。

射策：一种汉代的考试取士的方法，代指科举。

旧穿杨叶：用了"百步穿杨"的典故。

唾成珠：唾沫如同珍珠，比喻有文采。

发如漆：黑色头发。

潭沲：也作"淡沲"，形容春光荡漾。

杲杲（gǎo）：阳光明亮。

吞声：声音哽咽。

踯躅（zhí zhú）：行走缓慢、不前。

佳句背囊

"笔落惊风雨，诗成泣鬼神。"

出自杜甫《寄李白二十韵》，是杜甫在思念李白时所作。意思是李白落笔，风雨为之感叹；每成一首诗，鬼神都为之感动哭泣。称赞李白才华横溢。

本文作者

洛子画，原名龚琬婷，在阅读中找到心灵的避难所，在写作中遇见另外的自己。烹字为肴，暖心暖胃，成长治愈。心最安然处，淡淡墨清香。

如天外飞仙

诗人是长了翅膀的人，他们时刻都想飞，他们的思绪时不时地飘飞到银河星汉。如天外飞仙，天地、古今、人间，只作寻常看。

遥望齐州九点烟，一泓海水杯中泻

梦天

（唐）李贺

老兔寒蟾泣天色，云楼半开壁斜白。

玉轮轧露湿团光，鸾珮相逢桂香陌。

黄尘清水三山下，更变千年如走马。

遥望齐州九点烟，一泓海水杯中泻。

◎ **诗临其境**

李贺天赋卓越，年纪轻轻就有很高的诗歌成就，所以他极度自信；李贺的一生，始终没考中进士，只做过奉礼郎（从九品），所以他又极度自卑。现实中的李贺壮志难酬，只好寄情诗歌。他的诗别具一格，拥有常人难以企及的奇特想象力，似乎超越了现实，但字里行间却饱含现实的悲哀和无奈。

《梦天》就是这样一首作品，它记述了一个梦，还是一个纯然浪漫主义的梦境：

长空中一轮明月孤悬啊，冷雨四处飘零。

莫不是月中的玉兔寒蟾在低声哭泣？

眼前云层半开之处啊，幻为琼楼玉宇。

月光斜照云壁，更显银白。

那圆月如轮倾轧雨露啊，月华朦胧湿润。

行走在丹桂飘香的月宫小路上啊，远远听到环佩叮当。

原来是美丽的瑶池仙女啊，热情地与我攀谈。

你看那东海三山下沧海桑田，世间千年犹如急奔骏马。

遥望九州大地，渺如九点烟尘；

浩瀚东海，仿佛清水从杯中倾泻。

◎ 一句钟情

"遥望齐州九点烟，一泓海水杯中泻。"

这里"齐州"指中国，中国古代分为九州，所以是"齐州九点烟"。

这句诗，不仅有浪漫主义的想象，更有基于现实的哲理，值得我们细细品读。

浪漫，是诗人以诗的形式，表达出他在梦中的所见。他任凭想象驰骋，带领我们翱翔九天，飞入月宫，见到时光的飞速流逝和世间景物的渺小。

当我们跟随诗人的脚步，我们与诗人就站在了同一高度——那是天地之巅、月亮之上，超越时空的所在，永恒而不可撼动。

此时超凡脱俗的诗人，并未满足于奇幻瑰丽的天外奇景，而是"回头下望尘寰处"，仅仅这一个回望，足以表明他的内心始终牵挂人间红尘。

现实，则是诗人在诗中并未明确表达的所思所想。九州大地，一望无垠；浩浩东海，波澜壮阔。但站在月亮上向下看，不过是九点烟尘、一杯清水罢了。九州东海尚且如此，尘世中的功名利禄，自然与浮云无异。那些蝇营狗苟之人，那些追名逐利之事，难道不是可笑至极吗？

◎ 诗歌故事

这句诗展现出深刻的哲理：站在不同的高度，看待世界的视角也不同。

当我们站在人间的地平线上，自然为九州的广袤、东海的浩瀚骄傲，以为天下之美尽归于己，而诗人立足于月亮之上，见识了更宽广的天地，才意识到尘世视野的狭隘。

曾国藩早期凭着报国的满腔热血，以道义感召他人，满以为振臂一呼，应者云集。但他慢慢发现，最初投奔他的人都去了胡林翼那里。究其原因，是胡林翼给了民众更实际的利益。

这就体现了领导者和普通群众视角上的差异。普通群众站得低，考虑的是柴米油盐的蝇头小利；领导者站得高，看到的则是国家大义、天下太平。

这句哲理，同样能够体现在人生的不同阶段上。

近年来，本科生、研究生因毕业论文未通过，或在校内表现不及预期等情况，而选择轻生的事例屡见不鲜。这些生命的消逝，固然存在教育制度不够完善的外因，而对世界和人生的认识不足才是更为深刻的内因。

我们或多或少都有这样的经历：回首往事时，对曾经被困于迷局的自己，往往感到惊讶甚至可笑。因为随着成长，我们站得更高、天地更广、视野更宽，看待问题自然就更成熟、全面、理性。

这句哲理，还能体现在阅读上。

我们常说，阅读成就人生。但阅读也有"浅阅读"和"深阅读"之分，前者只能获取皮毛，后者才能领悟精华。记得我刚踏入大学校门，读专业书籍常常力不从心，阅读效率低，甚至对所学产生怀疑。等经过数年的专业训练，重新再读这本书时，才领悟到其中妙处，从而感受到深度阅读的魅力。对于作者而言，要想写出一本好书，只有通过长年的积累，掌握足够的知识含量，才能熔炼出简要而精当的文字。而作为读者，也只有在此领域达到某一高度，才能汲取文字精华，实现与作者思想、灵魂上的互通，从而达到阅读真正的意义。

我相信，将来再重读这句诗，你也能读出与当前迥异的况味。

无障碍阅读

老兔寒蟾（chán）：神话传说中住在月宫里的玉兔和蟾蜍。

云楼：云层裂开，幻化为一座高耸的楼阁。

玉轮：月亮。

团光：月亮从雨点上碾过，圆圆的光看起来像被打湿了。

鸾珮（luán pèi）：雕着鸾凤的玉佩，指代戴着鸾佩的仙女。

三山：原指蓬莱、方丈、瀛洲三座神山。诗中指东海上的三座山。

泓（hóng）：这里作量词。

佳句背囊

"不畏浮云遮望眼，只缘身在最高层。"
出自北宋王安石的《登飞来峰》，是千古传诵的名句。
这句诗同样体现出"登高望远"的人生哲理，作者立身的高度和看淡世间纷杂的开阔胸襟，与"遥望齐州九点烟，一泓海水杯中泻"有异曲同工之妙。

本文作者

情茧：左手诗词，右手琴筝。

天河夜转漂回星，银浦流云学水声

天上谣

（唐）李贺

天河夜转漂回星，银浦流云学水声。

玉宫桂树花未落，仙妾采香垂珮缨。

秦妃卷帘北窗晓，窗前植桐青凤小。

王子吹笙鹅管长，呼龙耕烟种瑶草。

粉霞红绶藕丝裙，青洲步拾兰苕春。

东指羲和能走马，海尘新生石山下。

◎ 诗临其境

　　李贺的诗充满了天马行空的想象力。他善于结合神话故事，创造出一个个新奇瑰丽的幻想世界，清冷之中不失浪漫，悲凉之中又充满了对信仰的坚持，对理想的渴望。

　　李贺的一生命途多舛，才华横溢却郁郁不得志，体弱多病却依然心系天下。从这首诗中我们仿佛可以看到，深夜，他独自仰望天空，不知不觉被璀璨的星空所吸引，结合自己的命运有感而发：

天河夜里还潺潺流动着，星星就像在河上来回漂转的小船，两岸的流云，调皮地模仿着水流动的声音。

月宫的桂花树从来不凋谢，仙女们一边吟唱一边娴熟地采摘着桂花，身上环佩叮当，发出悦耳动听的声音。

天宫的弄玉清晨卷起窗帘，窗前梧桐依旧，带他们夫妻飞天的小青凤还是从前模样。

王子乔（周王室的公子）又吹起他那长长的玉笙，呿喝着神龙，种下万顷仙草。

仙女们用粉霞做的绶带来装饰自己的藕丝仙裙，飞到南海青洲采仙草，赏春景。快看呀，是羲和驾着天马，载着太阳从东边奔来了。人间的石山扬起了灰尘，是海水又一次退去变成了陆地。

◎ 一句钟情

"天河夜转漂回星，银浦流云学水声。"

传说中的天河是流动的，自天柱倾塌之后便与人间大海相通，一直流到归墟。星星就像是在河上回转漂浮、泛着缕缕银光的小船。星云似水，顺着"河床"流淌，凝神谛听，还有潺潺水声呢。

科举梦断、身体欠佳、所做的工作又不能实现理想，如果能在天上，是否自己又会是另一番景象？若是天河真能与人间相通，那么自己是否能乘上流星的小船，抛却凡尘琐事，来畅游一下天上人间呢？

读到此句，我们也不由自主地沉入诗人的想象中去。

◎ 诗歌故事

李商隐曾写过一篇《李贺小传》，里面有一则小故事里说道，一个绯衣人带走了李贺，因为天帝想让李贺给新建的白玉楼写一篇赞文，而且天上的生活没有苦难，只有潇洒快乐。李贺大哭一场之后，便气绝了。

结合李商隐的故事与李贺的生平，可以想象得到郁郁不得志的李贺，更渴望能拥有自己的一片自由天空：那些仙子的惬意生活，又何尝不是李贺所向往的生活状态，在那里他不用去做那个烦琐枯燥的奉礼郎工作，也不用担心自己的身体状况。

历史上，同样赋予美好理想寄托的还有陶渊明的《桃花源记》：

一个捕鱼为生的武陵人，意外发现了一片桃花林，他被美景迷住，一直走到了桃林深处，在那里发现了一个山洞，里面隐隐约约有亮光。

山洞口很狭窄，只够一个人通行，很快，突然变得开阔敞亮了。

映入眼帘的是整齐的房子、肥沃的田地、美丽的池塘和桑树竹子之类。人们在田里耕田劳作，老人和孩子则在一旁自得其乐。

原来，这里是一个世外桃源，当地居民的先祖为了躲避秦朝的祸乱带着家人隐居于此，与世隔绝至今，他们不知道秦朝早已被汉朝取代，更不必说魏晋了。

桃源人非常好客，留渔人在这里住了几天，盛情款待，过了几天，渔人便告辞离去了。临走的时候，这里的人还叮嘱他不要把桃源的事告诉外人。

渔人出来之后却违背了自己的承诺，一路上处处做标记，回到郡里还把桃源的事告诉了太守，可是他们再也找不到通往桃源的路了。

后来南阳的名士刘子骥，也想探访桃花源，可惜还没实行计划就病死了，从此桃花源也就成了一个梦。

桃花源虽然是个梦，可是有梦总比无梦好，梦是心之所向，有梦的人内心总是不缺乏爱的寄托与追求理想的勇气。

无障碍阅读

银浦（pǔ）：浦，水边或河流入海的地方，这里指天河。

秦妃：指秦穆公的女儿弄玉，传说她嫁给了仙人萧史，两人随凤升天。这里借指仙女。

王子：周王朝的太子，名晋，字子乔，擅长吹笙。

羲（xī）和：神话中给太阳驾车的神。

佳句背囊

"桂子月中落，天香云外飘。"

出自唐代诗人宋之问《灵隐寺》。此句与"天河夜转漂回星，银浦流云学水声"有共通之处，都引用了传说，让灵隐寺和天河的形象更加空灵神奇，引人入胜。

本文作者

林钰轲：写作是欢喜的，写的人欢喜，读的人也欢喜。

尽挹西江，细斟北斗，万象为宾客

念奴娇·过洞庭

（南宋）张孝祥

洞庭青草，近中秋、更无一点风色。

玉鉴琼田三万顷，着我扁舟一叶。

素月分辉，明河共影，表里俱澄澈。

悠然心会，妙处难与君说。

应念岭海经年，孤光自照，肝胆皆冰雪。

短发萧骚襟袖冷，稳泛沧浪空阔。

尽挹西江，细斟北斗，万象为宾客。

扣舷独啸，不知今夕何夕。

◎ 诗临其境

张孝祥是南宋著名词人、书法家，也是一位有才华、有抱负、有器识的爱国人士。

宋孝宗乾道二年，在岭南任职的张孝祥因政敌攻击而被免，从南往北回去的路途中，经过湖南洞庭湖，当时正值仲秋，词人有感而发，挥笔写下了这首词。

洞庭湖和青草湖连在一起，在临近中秋的时候，辽阔的湖面就像是洁白如玉的原野。三万顷的湖面如明镜，只有我乘着一叶扁舟徜徉其中。月光皎洁，星河灿烂，星月倒映在这碧波中，水面与天色都变得清莹澄澈。那种天人合一的微妙感觉，难以与君言说。

想起在岭南的这些年，唯有这一轮明月照耀着我，见证了我的忠肝义胆，高洁品质。

此刻的我，须发萧瑟、衣袂单薄，心志坚定地稳坐于小船，在这沧浪旷海之间泛舟。

我要以西江的江水当作美酒，用北斗当勺，请世间万事万物来做宾客，一饮而尽。拍打着船舷，独自引吭高歌，心情欢畅，以至于忘记了今夕是何年！

◎ 一句钟情

"尽挹西江，细斟北斗，万象为宾客。"

尽管头发稀疏，两袖清风，仕途不顺，词人却没有哀叹感怀"举世皆浊我独清，众人皆醉我独醒"，也没有顾影自怜"举杯邀明月，对影成三人"，反而兴致高涨，想象浪漫。

词人要把天上的北斗七星当作勺器，舀起西江的浩荡之水，而且邀请这天地之间的万物作陪，物我两忘，睥睨世人。

这反映出词人旷达高远的胸襟，也是一种超尘物外、物我交游的至高境界。

◎ 诗歌故事

绍兴二十四年（1154），张孝祥参加廷试，原本考官内定的第一名是秦桧的孙子秦埙，但是宋高宗被张孝祥的惊人才气所折服，亲自擢取为状元。

宋代有"榜下择婿"的传统，就是在发榜之日京中权贵全家出动，争相挑选登第士子做女婿，坊间称之为"捉婿"。当时户部侍郎曹咏，就向张孝祥抛出了橄榄枝，想要择其为婿。

但因曹咏是秦桧一党，张孝祥以沉默拒绝了请婚，也表明了个人的政治立场，由此得罪了秦党。

不久之后，他还为受害的岳飞鸣冤，坚定地反对主和派，秦桧党羽不好污蔑"词翰俱美"的状元郎，遂诬告他的父亲张祁谋反，致使张祁入狱，受尽酷刑，张孝祥亦受到牵连入狱。

直到秦桧死后，张孝祥被授秘书省正字，历任秘书郎、著作郎、集英殿修撰、中书舍人等职。还出任过抚州、平江府、静江府、潭州等地，这首词就作于离任静江府时。

无情的政治斗争，令其在官场上浮浮沉沉，打击不断，但是他仍然坚持主战的政治立场，始终怀有一颗拳拳的爱国之心。

"应念岭海经年，孤光自照，肝肺皆冰雪。"回想自己的仕途生涯，人格和品行是高洁如玉的，高洁到连肝肺都如冰雪般晶莹，没有丝毫杂质，但此种心迹却不易被人所晓，反而屡屡蒙谗，唯有寒月的孤光来洞鉴自己的纯洁肺腑。

"我欲乘风去，击楫誓中流！"及至隐退，他依然渴望建功立业，收复河山。

作家介绍 张孝祥（1132—1170），字安国，号于湖居士，汉族，简州（今属四川）人，生于明州（今宁波）鄞县。善诗文，尤工于词，其风格宏伟豪放，为"豪放派"代表词人之一，有《于湖居士文集》《于湖词》等传世。为唐代诗人张籍的后代。

佳句背囊 "气蒸云梦泽，波撼岳阳城。"
出自唐朝诗人孟浩然的《望洞庭湖赠张丞相》，水汽蒸腾，风云激荡，笼罩着古老的云梦泽，而汹涌的波涛，气势磅礴，震撼着雄伟的岳阳城。

"青山欲共高人语，联翩万马来无数。"
出自宋朝词人辛弃疾的《菩萨蛮·金陵赏心亭为叶丞相赋》，青翠的群山似万马奔腾而来，想要与人倾心交谈，与"尽挹西江，细斟北斗，万象为宾客"有异曲同工之妙，写出了词人与自然两相观照的状态。

本文作者 ————————————————————

采薇：企业人力资源师、内训师，左手诗与远方，右手笔耕不辍。

天接云涛连晓雾，星河欲转千帆舞

渔家傲

（宋）李清照

天接云涛连晓雾，星河欲转千帆舞。

仿佛梦魂归帝所。闻天语，殷勤问我归何处。

我报路长嗟日暮，学诗谩有惊人句。

九万里风鹏正举。风休住，蓬舟吹取三山去！

◎ 诗临其境

　　这首词是李清照后期的一首记梦之作，词风浪漫豁达，词中壮阔的景象、磅礴的气势、奇丽的幻想，彰显了作者性格中豪情和洒脱的一面。

　　《李清照简明年表》记载，此词作于公元 1130 年（建炎四年）。正是李清照南渡之后不久，其时宋朝国土在金国的铁蹄之下，处于水深火热之中，人民流离失所，而统治阶级仓皇逃难、无力回天；前一年丈夫赵明诚去世，李清照只身漂泊，一路颠沛流离，十分凄苦。

在这首词中，你看不出李清照去国离乡的愁，看不出与丈夫赵明诚天人永隔的痛，看不出尝尽世情凉薄的苦，看不出现实生活中的种种不如意。李清照在人世间的孤独和苦闷无处诉说，只有在梦境中向殷勤的天帝倾诉。

在词中，李清照用浪漫主义的手法，描绘了一个清朗奇丽的天上世界和一位和蔼的天帝，与现实世界中的颠沛流离的漂泊和不问世事的皇帝形成了鲜明的对比：

蒙蒙晨雾与滔滔云海，在海天一色处相连，天上银河中的星星，也随着晓风与数千条风帆起舞。我的梦魂乘着晓风，好像又回到了天帝所居住的地方。听到天帝对我说话，他和善热情地问我要去向哪里。

我回答说天色已经不早而又路途遥远，就算我作诗的时候，经常有妙语佳句被别人称赞，又有什么用呢？九万里长风，送着大鹏鸟扶摇直上，这好风且不要停，也将我的这一叶扁舟，直吹到蓬莱仙山上去，那里就是我最后的归宿。

◎ 一句钟情

"天接云涛连晓雾，星河欲转千帆舞。"

晨雾蒙蒙，天色欲晓，云海茫茫，星河流转，海天一色，星朗风清，好像有无数条帆船在缀满星星的银河里起舞。

多么迷人的景象啊，我的梦魂也好像是在银河中徜徉，不经意间就回到了天帝所居之处。

奇幻的景象，缥缈的意境，浓郁的浪漫主义气息，引人入胜。

诗人在这一句中，用天、云、雾、星、帆等意象，描绘出了一幅奇丽而又壮阔的画卷，让人不禁心生向往，恨不得也化作那在星河中流转的千帆中的一叶，在晨风晓雾的云海中穿行，那样，就会忘记尘世间的一切羁绊和烦忧。

◎ 诗歌故事

李清照是宋代女词人，号易安居士，婉约派的代表人物，有"千古第一才女"之称。

李清照所生活的年代，随着金兵入侵中原，高宗皇帝仓皇南渡，形成了泾渭分明的两个时期，她的诗词创作也由于生活际遇的不同，而呈现出不同的特点。

李清照前期的诗词作品，主要反映了她的闺阁生活，其间也多有描写对大自然的热爱和感情生活的篇章，题材也多集中于描写自然风光和离情别思，词风清丽、明快。李清照后期的诗词作品，则主要抒发怀念故乡、追悼故人以及伤时感怀，常常流露出孤独哀愁的情感，词风也转为低沉、凄楚。

李清照少年的时候家庭条件十分优越，她出身于书香门第，家中有很多藏书，父母亲都是很有文学修养的人。少年时生活在汴京，便已在词坛上崭露头角。18岁的时候，李清照嫁给了比她大三岁的赵明诚，夫妻二人琴瑟和鸣，致力于金石书画的搜集和整理。后来，金兵南下，北宋灭亡，接着赵明诚去世，李清照为了躲避金兵南渡，过着背井离乡、天涯漂泊的生活，她所携带的夫妻二人毕生收藏的金石书画，也在辗转各地的时候流失殆尽，现实境遇可谓十分凄苦。

李清照虽然是婉约词派的代表人物，但是这首词的风格却与苏轼、辛弃疾等豪放派词人近似，显露出了她心性中豁达豪放的一面。这首词中，既有李清照对于自己艰辛流离的生活的描写，也流露着满腹才华无处施展的郁郁之情，更有着词人欲寻觅蓬莱仙山离这尘世而去的美好向往。

在清丽的词句、奇幻的想象、大气磅礴的豪迈背后，隐隐透出词人对于现实的不满和无奈之情。

无障碍阅读

帝所：天帝所住的地方。
路长：路途遥远，有屈原《离骚》中"路漫漫其修远兮，吾将上下而求索"之意。
嗟（jiē）：感叹、慨叹。
日暮：天色已晚。
谩有：空有的意思。

佳句
背囊

"黑云压城城欲摧，甲光向日金鳞开。"
出自唐朝诗人李贺《雁门太守行》。这句诗用奇异的画面和浓艳的色彩，既描写了大漠边塞的独特风光，也渲染出了兵临城下的紧张的战争气氛和守城军士的威武与雄壮。与"天接云涛连晓雾，星河欲转千帆舞"在写景寄情上，有异曲同工之妙。

"河汉挂户牖，欲济无轻舠。"

出自李白的诗《酬张卿夜宿南陵见赠》。月圆之夜，诗人想念朋友，于是望着窗外，发出感叹："天上的银河就挂在窗外，我多么想从天河里乘船去看望你啊，可惜没有能在天河中飞行的小船。" 户牖（yǒu），门和窗。舠（dāo），是形状像刀一样的小船。诗人如此奇特而夸张的想象力，读来真是令人惊喜不已。

本文作者

子玄，女，本名何宣颖，甘肃成县人。爱诗文，爱旅行，爱花，爱酒，爱茶。甘肃省诗词学会会员，女工委委员；《诗刊》子曰诗社成员。长年从事诗歌和散文创作。

醉后不知天在水，满船清梦压星河

题龙阳县青草湖

（元）唐珙

西风吹老洞庭波，一夜湘君白发多。

醉后不知天在水，满船清梦压星河。

◎ 诗临其境

　　唐珙，字温如，关于其生平，史书上笔墨寥寥，他仅凭一首七绝垂诗名于千古。

　　夜半读诗，最适于温如这首七绝，久久地意难平……

　　晚风习习，吹皱了洞庭湖面，湖竟仿若增了几岁；愁思几何，使得湘君一夜便添了几缕白发。一壶酒，一叶舟，人在舟上卧，酒下九曲肠。天河倒转，星辰在水，舟上人已入梦，而梦也在星河上摇。

◎ 一句钟情

"醉后不知天在水，满船清梦压星河。"

唐代诗人王昌龄将诗中之境分为"物境"、"情境"和"意境"。千年之后，近代学者王国维又以"境界"一词来品评诗词，《人间词话》开篇就写道，诗词"有境界则自成高格"。而温如的这句"醉后不知天在水，满船清梦压星河"，正是境界绝妙。

一舟一人，头顶星辰，脚踏星河（星辰倒映水中），上下都是无垠，人在其中便显得渺小。然而渺小中却又不见其小，酒醉入梦，有仙人之超脱感，清梦压倒星河，满天星辰倒是都及不上一船清梦的重量。

此句"境界"也深邃，洞庭波老，湘君白发，失意愁思又怎会没有？但酒后清梦，而非惆怅，诗人显然并没有为此所困。即使天地倒转又怎样，只是换了清梦在上，星河在下，展现的是诗人融于自然、物我两忘的超然和洒脱。

◎ 诗歌故事

常在星河灿烂、碧月湖海的梦里，兀自悠闲地踱步。在岁月的河岸上拾壳捡贝，有时也只静静立着，倾听那飞越时光而来的袅袅清音，它们常与清风为伴，流于湖风之中。

依旧记得，那夜的星河格外地灿烂，湖水清澈如练，水纹荡漾着星光。也就是在那夜，我遇见了你，也遇见了这世上最美的光景。

温文尔雅，如是君子，便是唐温如其人也。

缘起一言，君于星河中醉卧

"醉后不知天在水，满船清梦压星河"……

湖面上有声音断断续续传来，是一个男子，醉意中还带着些疏狂。恰在其时，有月自东方升起，将银辉洒下。风吹月桂叶流银，影动清河波粼粼，一叶扁舟正摇于湖面之上，舟楫凌乱，其上还卧着一醉之人。

"唐珙，字温如，豪于诗。"一阵风来，吹离了湖岸上的沙，露出这些字来。

舟上的那人，"豪于诗"，初见，这便是我于你仅有的所知。以字构筑桥梁，可以连通历史此岸与彼岸的距离，然而三字显然不够。即便我心中已知，知己只需一面，这一次的相遇，乃是久别重逢。

温如，你是一个神秘的前人。

翻遍泛黄的青史书页，所能找到的不过只言片语，外加八首仅传于世的诗作。其中那首传世最广的七绝《题龙阳县青草湖》，还阴错阳差地被误收入《全唐诗》，误会了许多年。大唐是诗的时代，但不是只有唐人才写得出流传千古的七绝。

温如，你还是一个纯粹的书生。

从骨子里散发着一种浪漫，却有一股英雄的豪气时时萦绕周身。那浪漫，浸润在你的思维与意识里，穿梭在现实的天地万物之间，凡经过的所有，都能被创造，都可相言语，都变得轻灵，变得通透，变得洁净。难以想象，一个思维没有翅膀，意识没有力量，灵魂不够洁净的人，能写出那样的诗句——"醉后不知天在水，满船清梦压星河"。还有那豪气，它似一把风刀，雕刻着躯体的线条，似一副铠甲，装点着志士的风度。

你漫步在历史的风陵渡口，不至于混入文弱书生一流。

苦叹半生，谁懂竹里的泪痕

山月遥挂西桥岸，春风不遇楼上阁。古今遗憾，如是者多。

月过中天，夜已过半，到了夜露凝结、霜华争艳的时候，也就是人该醒的时辰。我看着你坐起身来，双眸闪着星光，望向辽远的夜空。流星飞逝，群星闪耀，陶醉之余，一缕无法掩饰的落寞分明还是从眼角的余光中闪过。

读你的诗作，只感觉笔锋之中流淌的尽是涓涓的灵气。寄情自然，洒脱自在，喜书画，工诗文，任外界风云如何变幻，世道如何轮转，在你胸中自有一方天地，青天通湖海，自是澄澈如练，通明如镜，广博一如世界。这是你处世的通明，但我也看到了你未曾施展的雄心，在心灵的墙角被蒙了尘，凡一触及，便尘土飞扬，直呛得人泪眼婆娑。

你的父亲唐钰乃南宋义士，当年收拾宋陵遗骸，埋骨植青，不可谓不忠义。能有父如此，悉听教诲，耳濡目染，自是胸中有志。

太平此马惜遗弃，往往驽骀归天闲。区区刍粟岂足豢，忠节所尽人尤难。摩挲图画不忍看，万古志士空长叹。

——唐珙《韩左军马图卷》（节选）。驽骀（nú tái），劣马；

刍粟（chú sù），马吃的饲料；豢（huàn），喂养。

诗人以马喻人，太平时日，军中良马无用武之地，只能像劣马一样混日子。马如此，人也一样，即便是"万古志士"，在元朝，所有梦想都只能是镜花水月。且不说你自诩为"南宋遗民"，谁又能想到，统治者将人分为十等，"八娼九儒十丐"，士人竟会沦落到连娼妓也不如的地步。怪什么呢？时运不济？最无奈的废话罢了。

壮志于胸，却生不逢时，是千里马遇不见伯乐的悲凉，是恪守忠节之余，守节之人的无奈和凄叹。飒飒林中风，奇竹高且清；竹中空泪痕，岁月难为，又有谁人能知？

灿烂星河，因君一言而常凝望

无法选择生逢之世，境遇如何，总是喜。藏志于内，向外求索，求而不得，失意否？然于志之外，另有世间万般景致，皆有神灵，美不胜收，无须求索，但有心便得，赏即可得乐，入则是妙无穷。

天上的星河，亘古不变，无论何人，抬头便可望见；泛舟于水上者，自古便不乏雅趣之文人。为何那一刻的星河，以及其中闪耀的星辰，河中的流水，水中的倒影，再加上一叶扁舟，那扁舟上睡卧的人，就是那般恬静自适，温馨而浪漫，好像生命的所有时刻，都只是为了倾听那一刻的寂静，做一宵浅浅的清梦。

作家介绍 唐珙，字温如，元末明初诗人。生平不详，仅知其"豪于诗"，现只存八首流于后世。其父唐钰为南宋义士，曾收拾宋陵遗骨，植冬青以为记。

佳句背囊 "天下三分明月夜，二分无赖是扬州。"
出自唐朝诗人徐凝的《忆扬州》，"无赖"是可爱之意。若将这天下明月之夜的美景看作三分，独独扬州的可爱就占去了其中的两分。诗人巧妙借用量化明月夜景的方式，表达了自己对扬州月夜的无限喜爱。

"疏影横斜水清浅，暗香浮动月黄昏。"
出自北宋诗人林逋（bū）的《山园小梅》。林逋，才高性孤，独自隐居于西湖孤山，终生不仕不娶，唯喜植梅养鹤，自谓"以梅为妻，以鹤为子"，人称"梅妻鹤子"。此句营造出了一种恬适、清丽的黄昏意境，给人以艺术之美的享受的同时，表现了诗人淡泊安逸的隐居生活与充实满足的心灵之乐。

本文作者

常豂。深谷常豂，常德不离。爱文字，读历史，在存在中寻觅归属，执笔耕耘，但求灵魂常静。

梦中不识路，何以慰相思

别范安成

(南朝) 沈约

生平少年日，分手易前期。

及尔同衰暮，非复别离时。

勿言一樽酒，明日难重持。

梦中不识路，何以慰相思。

◎ **诗临其境**

公元 482 年，南朝齐高帝萧道成驾崩，太子萧赜即位，是为齐武帝，年号永明。而与此同时，在南朝文坛上，有一颗新星也将随着新帝的登基而冉冉升空，他便是沈约。

齐武帝即位后，长子萧长懋被立为太子，即文惠太子。文惠太子入主东宫后，齐武帝下令在全国为东宫遴选人才，沈约由此得以进入东宫。初入东宫的沈约志得意满，而更令他感到意外的是，在这里，他遇到了一位极具才情的友人——范安成。

此时两人意气风发，他们笃定二人携手定会在未来朝堂上开创一番事业，即便将来不得已要分别，那也必定是短暂的。然而乱世之中，一切皆是变数。江南王朝的风云变幻如此之快，两人亦在朝代的更迭之中辗转流离，不得机遇。匆匆十余载，再见面，两人不禁对望长叹，叹岁月的流转，叹曾经的年少气盛与无知。

最终沈约以酒和诗，将所有的感叹与不舍写进了这首《别范安成》，诗中他说：

回想起曾经的初次离别，以为再相见是很容易的事情，谁能想到再见面竟是两鬓斑白，今日之相遇已不是昔日离别之时。

请喝下这杯酒吧，恐怕以后很难再有重逢的时候了，甚至在梦中都不知你会身在何方，如此又怎样来慰藉我对你的思念呢？

◎ 一句钟情

"梦中不识路，何以慰相思。"

这一句是沈约积蓄已久的情感的爆发，是对命运如此弄人的哀号，如今我们很难想象到沈约当时究竟有多么不舍与绝望，才会吟诵出如此决绝悲痛的诗句，连梦中都会迷失方向，那现实中又如何能寻到自己的好友？

人非草木，孰能无情？一句"梦中不识路，何以慰相思"，相信没有人不会被沈约的真情流露所感染，好似沈约在幽幽地诉说着哀思，如细水长流般绵延无绝，平静缓和而又充满了无限的凄惨与悲怆。

从诗艺上来说，这句也给人以惊喜：相思入梦很常见，但诗人更进一层，梦中相思却不识路，又让我如何去找你？

正因为作者把诗意往前更推进了一层，这两句读来新意盎然。

◎ 诗歌故事

千年已过，虽然沈约与范安成早已作古，但两人深厚的友情却因为沈约的这首诗而为后人所津津乐道。事实上，自先秦时代以来，"友情"这个主题一直贯穿着历史，不管是伯牙、子期的知音之交，还是廉颇、蔺相如的刎颈之交，抑或是羊角哀与左伯桃的舍命之交……这些都是我国五千年灿烂文化中的重要组成部分，而这些古人留下的动人事迹也无不教育着我们，为人行事要光明磊落，胸怀坦荡，待人更是要真诚。

所以，当我们再读沈约的"梦中不识路，何以慰相思"时，就不能单单地局限在诗人对友人离去的不舍与低迷，更要看到沈约与范安成真挚的友情是因何而来，这种友情多么难得，多么令人动容。

沈约与范安成早在刘宋时期就已结识，两人同在郢州刺史蔡兴宗府中任职，他们都是博学多才之人，互相引为知己，时而坐论天下大势，时而畅游郢州境内的山川河流。他们吟诗作赋，把酒言志，似乎忘记了时间，更忘记了这世间的一切悲欢离合。

不过南北朝时期是我国历史上有名的乱世，那是一个英雄辈出、乱世纷争的时代，就在沈约与范安成郢州一别后十余年，曾经强盛一时的刘宋王朝轰然崩塌，取而代之的是萧道成建立的萧齐王朝。

萧齐王朝建立后，沈约与范安成再次相聚于文惠太子萧长懋府中，二人同为太子谋士，但萧齐王朝却是南朝四个朝代中最短命的王朝，犹如昙花一现，太子萧长懋更如流星一般转瞬即逝，萧长懋的早逝给两人短暂相聚的喜悦蒙上了一层阴影，更为两人的再次分别埋下了伏笔。

萧长懋去世后，二人虽继续同朝为官，但再也没有相见的机会。没多久，萧齐王朝在内忧外患下濒临灭亡，而最终促成其灭亡的，除了野心膨胀的萧衍外，便是沈约。沈约与萧衍也是旧相识，两人当年同为竟陵王萧子良效力，与他们一起的还有谢朓、王融等六人，这八人便是历史上有名的"竟陵八友"。

当野心勃勃的萧衍趁萧齐王朝内乱之时，举兵讨伐萧齐，在称帝一事上犹豫不决时，沈约及时站了出来，力劝萧衍称帝，萧衍这才下定决心称帝建国，即萧梁王朝。

此时沈约虽年过花甲，但因从龙有功而备受梁武帝萧衍的信任与重用，最终沈约以这种方式完成了他年轻时的抱负——封侯拜相，大权在握，荣宠一时。

虽然史书没有记载，但想必沈约掌握朝政后，并没有忘记曾经的好友范安成，因为《梁书》记载了范安成在梁武帝即位后也是一路升迁，公元510年更是入朝做到了祠部尚书兼右骁骑将军加紫金光禄大夫。而这时候，沈约依旧位居朝堂之上，所以范安成的升迁是否有沈约在为其助力，也未可知。

但不管怎样，自文惠太子府上那一绝望的哀号之后，两人终于再次相见，只不过相较于前一次，此次相见少了太多年轻时的锐气，更多的是在宦海中浮沉多年而磨炼出的老成与深沉。或许这并非二人当年所期盼的样子，但这一定是当下最适合二人的生存法则，身处乱世的他们别无选择，唯有拼尽全力才能赢得生存之机。只不过此时的二人已然老去，留给他们的时间又能剩下多少呢？

当"梦中不识路，何以慰相思"成为过往的时候，他们是否会感慨"岁月不待人"？

罢了，罢了，终究已成过往……

无障碍阅读

易：以为容易，看得轻易。

前期：来日重见之时。

及尔：与你。

衰暮：衰老之时。

非复：不再是，不再像。

佳句背囊

"梦魂惯得无拘检，又踏杨花过谢桥。"

出自北宋词人晏几道的《鹧鸪天·小令尊前见玉箫》。词人夜宴归来后，思念宴会上认识的美丽女子，思而不得见，只好说：空间可以阻隔我的身体去见你，却阻隔不了我的魂灵，在梦中我可以无拘无束，踩着满地杨花，走过谢娘桥，再次与你相聚！

这句与"梦中不识路，何以慰相思"很相似，只不过一个梦中有路，一个梦中无路（不识路）。但两者因相思而展开的想象却是一样的奇特。据说北宋大学问家程颐读到晏几道这句时，评价为"鬼语也"。

本文作者 ————

张鹏，头条号"咸鱼闲聊"，我在这里等你一起学中华诗词，品百味人生。

愿我如星君如月，夜夜流光相皎洁

车遥遥篇

（南宋）范成大

车遥遥，马憧憧。

君游东山东复东，安得奋飞逐西风。

愿我如星君如月，夜夜流光相皎洁。

月暂晦，星常明。

留明待月复，三五共盈盈。

◎ 诗临其境

　　南宋名臣、文学家范成大身处家国动荡的时代，为国事伏案操劳、举政上疏是他生活的常态。但人非草木，又岂会没有情之所至的时候呢？这首诗便是范成大赋诗寄情的经典之作。

　　《车遥遥篇》是乐府诗体，全诗简洁，个中情思却已流至人心，千古不衰。

　　去相送的人望着离人随马车而去，渐行渐远，直到彻底不见，马儿的身影却仿佛还在眼前晃动，这是送别的人内心牵绊不舍的最直接表达。从此，望着天涯，断了心肠。

范成大望着妻子或恋人送离不舍，倍觉伤感，于是他以对方的口吻说：

你的马车距离我越来越远，那马儿的身影尚在眼前晃动。

君此去了泰山之东，而我只有奋力追上那秋风才有可能相伴与你。

多希望我如星来君如月，彼此的光彩相映成辉。

月亮有时会暂时晦暗，而星星则是常常明朗的。

将美好的期望留给月圆的时候，待十五月满之时，星月相映，又是满天星月闪耀的样子。

◎ 一句钟情

"愿我如星君如月，夜夜流光相皎洁。"

这两句是颇有人气的经典诗句，许多人一见倾之，许多人驻足叹之。时光虽过了千年，但诗中带着的唯美思怀，今人引用，也无不妥帖。

清风朗月的夜晚，送别的人不能成寐，月光洒了一地清辉，星空也闪着微芒。这样的星月相映，令孤寂的人不禁万分感慨。

其实星与月之于相思，也并非推陈出新的写法，不过这一句词句搭配的意境语感之美，却是难得的。就好比年少时激烈而又纯粹的情感和期望，一切是那样自然天成，一切又是那样美好纯洁。深蓝的夜幕，白月光洒在身上，一闪一闪的星空，想想就很美好。而这两句诗，将这份美好展示得淋漓尽致。

◎ 诗歌故事

范成大一生为国忙碌，还曾出使金国，也曾多次远去外地任职。后世多猜测这首《车遥遥篇》很可能是他某一次为国事而离家远去的时候，妻子或恋人挥泪相送，这令他伤感不已，故以女子口吻写下的相思诗。

他虽是股肱之臣，也会有儿女情长。范成大在泪眼蒙眬中，看着愈来愈远、遥遥挥手的女子，写下了这首佳句流传的好诗。

在那个山水很远，车马很慢的古时代里，"别时容易见时难"是多么残酷的现实，又是多么无奈的哀伤。

思念之下，何来欣喜，可是范成大没有将一腔思愁宣泄到底，而是在最后往回拽了拽，他说："留明待月复，三五共盈盈。"将相逢的憧憬留给月满之时，到时星月相映，你我也相伴相随。这又呼应了"夜夜流光相皎洁"的美好情境，整首诗在女子满怀浪漫的期待中结束，心中的情思流转，已让读诗的人深受其感，那朗朗上口的名句也就此留在了心间。

离别虽苦，好在还有相聚可期。那一年，范成大的伤怀思泪洒落在望不到尽头的驿道上，他居庙堂之高，同时也身在红尘樊笼。"天涯地角有穷时，只有相思无尽处"，那挥别的人终隐没在他的泪光里，也隐没在马蹄踏起的尘土里。

一生很长，当一个人渐渐成长了，总会不可避免地面对一些离别，承担那份孤独和凄惘。天涯虽远，离别虽苦，不要忘了要始终抱有美好的祈愿，对未来的期望，对相逢的期待，都会给自己和等待自己的人们莫大的鼓舞。

"愿我如星君如月，夜夜流光相皎洁"，之于亲人，之于朋友，之于所有想念的人，有了这份期盼，多美，多好。

无障碍阅读

憧（chōng）憧：晃动，摇曳不定。
东山：泰山顶东侧。
晦（huì）：这里是昏暗的意思。
三五：十五日。

作家介绍

范成大（1126—1193），字致能，一字幼元，早年自号此山居士，晚号石湖居士。平江府吴县（今江苏省苏州市）人，南宋名臣、文学家，与杨万里、陆游、尤袤（mào）合称南宋"中兴四大诗人"（又称南宋四大家）。有《石湖词》《吴船录》《吴郡志》《桂海虞衡志》等著作传世，代表诗作有组诗《四时田园杂兴》等。

佳句背囊

"此时相望不相闻，愿逐月华流照君。"
出自唐代诗人张若虚的《春江花月夜》，这两句诗将相隔天涯的人，把相思离苦寄托给了明月，同时心怀美好期望和憧憬的情感生动地表达了出来。与"愿我如星君如月，夜夜流光相皎洁"有异曲同工之妙：如今我们望着同样的月亮，却听不到彼此的声音，我希望随着月光而去将你照耀，与你相伴。

本文作者

听雪，一个甘愿多年沉浸在古诗词里行走江湖的工科小姐姐，头条号"听雪话诗文"。

天上浮云如白衣，斯须改变如苍狗

可叹

（唐）杜甫

天上浮云如白衣，斯须改变如苍狗。

古往今来共一时，人生万事无不有。

近者抉眼去其夫，河东女儿身姓柳。

丈夫正色动引经，酂城客子王季友。

群书万卷常暗诵，孝经一通看在手。

贫穷老瘦家卖屐，好事就之为携酒。

豫章太守高帝孙，引为宾客敬颇久。

闻道三年未曾语，小心恐惧闭其口。

太守得之更不疑，人生反覆看亦丑。

明月无瑕岂容易，紫气郁郁犹冲斗。

时危可仗真豪俊，二人得置君侧否。

太守顷者领山南，邦人思之比父母。

王生早曾拜颜色，高山之外皆培塿，

用为羲和天为成，用平水土地为厚。

王也论道阻江湖，李也丞疑旷前后。

死为星辰终不灭，致君尧舜焉肯朽。

吾辈碌碌饱饭行，风后力牧长回首。

◎ 诗临其境

这是一首长篇叙事诗，内容是说：

你看那天上的浮云啊，像白色的衣服那样悠然地飘浮着，可是转瞬之间就变成了灰黑色的乌云，如苍狗一般。恰似这人世间古往今来形形色色的故事，瞬息万变，无奇不有。

而我的身边，亦有这样一个故事。在黄河以东，有一个姓柳的女子，与自己的丈夫反目成仇，分道扬镳。虽然她的丈夫是个非常正派的人，引经据典来说服她，但是她哪里听得进去呢！这个女子的丈夫就是旅居鄞城的才子——王季友。

王季友好学不倦，博览群书，尤其对《孝经》一书爱不释手。由于家境贫穷，只好靠卖草鞋为生。因为他博学多才，引得一些好事的人常常携带着美酒来找他探讨学问。

江西南昌太守李勉是皇室后代，他将王季友敬为上宾。三年之间他们俩人的所有对话，王季友都守口如瓶，小心谨慎。太守李勉因此对王季友耿直守信的人品更坚信不疑，而将一些反复无常、没有操守的人视为丑类。

虽说明珠亦难无瑕，人亦无完人，但是金子总会发光的。

有才华的人自是英气难掩。传说酆城剑深埋于地下四丈多，因剑气冲天而被发现，挖掘后发现一个石匣，光气非常，石匣中有双剑，剑上都刻有字，一把名叫龙泉，另一把名叫太阿。可见人才不该被埋没。越是局势艰难的时候，越要选拔真正的英才俊杰，而王李二人都是良相之才，可否辅佐君王于左右呢？太守李勉很快被提升为梁州刺史、山南西道观察使，那里的人民将他视为父母官。

王和李早就相识相知，如果将王季友比作高山，其他的人与之相比不过是小土丘罢了。王和李就如同古代的羲氏和氏，堪当重用。（舜治水有功，尧称赞他的功绩，任他为司空。《尚书》中有“汝平水土”之句。此处引用大禹治水之事，称赞王季友的能力堪当重任。）

可惜，王季友由于妻子的背叛，外界人不明真相，偏执地以为是他的错，致使社会上的流言蜚语对他造成了负面影响，虽然他与李勉有着同样的才干，却没有得到重用。王李二人本应是顺应天象，死而不灭的人才，去辅佐天子。不应该如吾辈这般饱食终日，碌碌无为。当年的黄帝得风后于海隅，封为丞相，得力牧于大泽，封为大将。吾朝也应该学习古人，善用贤才才是啊！

此诗为唐代宗大历二年（767）杜甫在夔州时作。清代学者浦起龙对此诗主旨有很好的解读：“详细理解其诗意，王季友虽然清贫被妻子抛弃、被流言蜚语所伤害，但是终究不该因此被埋没。题目为《可叹》，并非因为夫妇乖违而叹，也并非因为怀才不遇而叹，而是叹息这样一位栋梁之材毁于悠悠众口而不能得到重用之事啊！"

◎ 一句钟情

"天上浮云如白衣，斯须改变如苍狗。"

这句是说人间百态，变化无常且迅捷，如天上的云朵。成语"白衣苍狗"（也作"白云苍狗"）便从这一句来。

古往今来，人生风雨，谁也无法预料将来的自己会经历怎样一段故事。今天的忧虑，明天也许就是庆幸，此刻觉得缺憾的也许下一刻正是得意之处，所以，人生不妨多些豁达，且随遇而安，坦然前行吧！

◎ 诗歌故事

他——才华横溢，品行端正，一个官宦人家的公子。

她——娇美动人，温文尔雅，一个名门望族的小姐。

我们脑海中浮现着一对郎才女貌、夫唱妇随的甜蜜场景！

然而，人生亦起伏多变化，世事难料总无常。这一年男子父亲突然遭遇官场变故，家道中落，顷刻之间就变得一贫如洗，从此只能靠卖鞋为生。俗语中的"患难夫妻见真情"同时也可能见证无情。过惯了锦衣玉食的柳家小姐哪受得了这般苦日子，毅然决然地离他而去，只留下了那孤独的身影在风中凌乱。

鄷城株山脚下，简陋的茅草屋旁，经历了家庭和婚姻双重变故的公子，迁居到了这里，农耕之余勤苦读书。这一日，突然见那喜鹊飞落枝头，叽叽喳喳叫个不停。果然，喜事临门了。他高中头名状元，也是江西省历史上有记载的第一位状元，随后受职御史台治书。

官场人心复杂，各种猜测算计更是令人烦恼。再加上一个被妻子抛弃的过去，令他成了官场的笑柄。当时的李林甫权倾一时，蔽塞言路，排斥贤才，朝纲紊乱。刚直不阿的他不愿与他们同流合污，毅然决然辞官而去，回到故乡，过起了平静悠然的隐居生活。

不久，"安史之乱"爆发了，唐玄宗出逃，国家陷入了战乱。而此时的鄷城株山脚下，倒成了一片净土。一日，茅屋外来了一个熟悉的身影，她风韵依旧，美貌犹存，大概只是躲避战火的缘故，脸上略带着几分疲惫。不是别人，正是曾经抛弃他的前妻柳氏。此时此刻，该如何面对呢？

这些年的往事如梦幻一般一件一件地闪现，与其说恨，不如说要感谢她当年的抛弃之恩，才有了后来的功名，才有了后来的退隐，才有现在的安然无恙。缘分来了，挡是挡不住的，也许破镜重圆会让彼此更懂得珍惜吧！

十几年后，在杜甫、岑参等人的大力举荐下，男子重新被朝廷起用，开始了他的官宦生涯。这个人就是《可叹》诗中的主人公王季友。

王季友的一生起起落落，分分合合。他的才华与遭遇让杜甫叹息。而杜甫胸怀一腔正气，为国荐贤，不避风险，此等家国情怀正是值得我们学习和敬仰的。

无障碍阅读

抉（jué）眼：挖出眼珠，这里暗讽妻子有眼无珠，离弃丈夫。

冲斗：气冲斗牛之意，斗星和牛星之间有紫气盘旋，形容人的志气或才华超迈群伦。

培塿（lǒu）：小土山。

丞疑：《尚书大传》中说："古者天子必有四邻：前曰疑，后曰丞，左曰辅，右曰弼。"丞和疑是四个辅佐大臣之一，这里是指李勉有着旷世才干。

风后力牧：传说风后是黄帝的大臣，精于《易》数，还发明了指南车和八阵图；传说力牧是黄帝手下的大将军，大力士，在涿鹿之战中战胜蚩尤。

佳句背囊

"等闲变却故人心，却道故人心易变。"
出自清代词人纳兰性德《木兰词·拟古决绝词柬友》，词人以此来倾诉人生的起伏，感叹人心的变化。

本文作者 ————

绣心樱诗词：千秋美景，落墨入笔。人情冷暖，蕴藏于文。爱喜剧，爱诗词。

日月笼中双鸟，今古人间一马

水调歌头（癸丑生日）

（南宋）方岳

老子兴不浅，归矣复言归。不知归又何处，知我者何希。

幸有青山一片，付与白云千载，便可乐渔矶。

且尽一杯酒，春瓮晓生肥。

倩梅花，邀涧叟，醉林扉。五年今已如此，莫倚健於飞。

日月笼中双鸟，今古人间一马，五十五年非。

归去不归去，未了比山薇。

◎ **诗临其境**

  方岳出身于一个世代耕读之家，七岁能赋诗，时人称为神童，后来中了进士。因他刚直不阿，不畏权贵，多次遭到权奸贪吏的诬陷和打击，仕途十分坎坷。

  方岳在自己五十五岁生日时，回想自己的一生沉浮不定，有感而发，写下此词。

  词中大意是：

我在心里反复念叨着，回去呀回去呀，可是要回到哪里去呢？与我知心者又有谁？幸好这里还有青山一片、白云悠悠相陪伴，钓几尾鱼，开一坛酒，邀山中老叟，坐在梅花树下，且得一时欢畅。

时光飞快，又是五年过去了。看天上日月，也如同笼中双鸟，怎么也飞不出天地的束缚；词人如今五十五岁了，仍如人间一马，飘零而找不到归处。别再说什么归与不归了，就和这山中薇草相伴吧。

◎ 一句钟情

"日月笼中双鸟，今古人间一马，五十五年非。"

每当读到这句诗，仿佛看见一老翁仰望天空，看那日月，就像被桎梏于樊笼中的两只困鸟，精力疲惫，神情颓然，哀鸣久绝，想如今，自己已年过半百，孤单飘零，一马任浮生，寂寞悲苦油然而生。

同时为诗人大胆的想象而惊奇。能把天地看作一个大牢笼，把太阳和月亮看作两只笼中鸟，这得是多高远辽阔的视野！

◎ 诗歌故事

"不如意事常八九，可与语人无二三。"人生在世不如意的事十有八九，可与人倾诉的事却不到二三。

方岳是南宋诗人，小时候就有"神童"之名，三十三岁时中进士，却一生仕途坎坷，怀才不遇。

方岳生活的时期，正是南宋政权的多事之秋，外有蒙古崛起，内有奸臣当道。早先，方岳因为反对朝廷与新崛起的蒙古联合抗金，从而得罪权臣，不久被罢官。

四年后，方岳复出，这次方岳更是摊上了大事。方岳所在的鄱阳湖修有水闸，用来方便船只停泊，而权臣贾似道的亲信却把持水道，敲诈民船，民船不缴万钱则不得入闸停泊，从而造成许多民船沉没湖中。方岳大怒，将贾似道的亲信痛打一顿，因此得罪贾似道，再次被贬罢官。

后来，方岳第三次即将复出，最终又因为与时任宰相的旧嫌，而被罢职。

方岳的一生，恰如词中所写"日月笼中双鸟，今古人间一马，五十五年非"。"笼中鸟"体现了作者难解的抑郁心情，"五十五年非"是对自己一生的徒然感慨，读来令人无限感伤和同情。

无障碍阅读

渔矶：可供垂钓的水边岩石。
春瓮：指酒瓮，亦指酒。
涧叟：涧，山涧；叟，老头。
林扉：建在山林中的屋舍。

作家介绍 方岳（1199—1262），字巨山，号秋崖，又号菊田。徽州祁门（今属安徽）人，一说台州宁海（今属浙江）人。南宋诗人、词人，一生仕途坎坷，以诗名世。著有《秋崖集》《深雪偶谈》。

佳句背囊 "日月笼中鸟，乾坤水上萍。"
出自唐代诗人杜甫的《衡州送李大夫七丈勉赴广州》，诗句意思为：日月苍生仿佛笼中的小鸟，乾坤天地犹如水上浮萍。"日月笼中鸟"和"乾坤水上萍"前后呼应，通过鲜明的对比和比喻表现出相对于日夜流逝的岁月、浩瀚的宇宙，人生显得如此短暂和渺小。诗人借此表达出人生短暂无常、自身渺小无依的感悟！

本文作者
妙眼看历史：拨开历史的云雾，寻觅历史的真谛！

兴亡千古繁华梦，诗眼倦天涯

人月圆·山中书事

（元）张可久

兴亡千古繁华梦，诗眼倦天涯。

孔林乔木，吴宫蔓草，楚庙寒鸦。

数间茅舍，藏书万卷，投老村家。

山中何事？松花酿酒，春水煎茶。

◎ 诗临其境

　　散曲盛行于元代，又被称为"乐府"或"今乐府"，小令、套数都算作散曲。和唐诗宋词一样，元曲是中国古代文学体裁之一。元代200多位作家中，有散曲集传世的不过寥寥数人，张可久便是其中之一。作为著名的散曲作家，其个人传世作品是元代诗人中最多的（小令855首，套数9套），与元代散曲作家乔吉并称为"曲中李杜"。

　　张可久一生仕途坎坷，只做过些底层官吏，仕途无望，便干脆寄情于诗，于山水间做一个清雅的旅客。这一首小令就是他遍游江南各地，居住在西湖山下时所作，作者忆古颂今，用历史的兴衰起伏来表达自己勘破世情的人生态度：

兴亡更替就像是千古以来最繁华的梦境，转瞬即逝，诗人只能用疲倦的眼神遥望天涯。

君可见，孔子的家族墓地已经长满了乔木，吴国的华美宫殿早是荒草萋萋，曾盛极一时的楚庙，也只剩下乌鸦飞来飞去。

虽然只有几间茅草屋，却也能藏有诗书万卷，我最终还是回到了老村生活。

在山中能有什么事呢？不过是松花酿酒，春水煮茶；不过是诗酒同乐，自在逍遥。

◎ 一句钟情

"兴亡千古繁华梦，诗眼倦天涯。"

初读此句，实在是惊艳，气势之阔，就好像是穿越历史时空看到了那个失意的张可久，看到他喝着酒，摇着头，慨叹不已。

一个"倦"字用得妙极，既是为古往今来的繁华落尽做了最好的总结，又为诗人后面所选择的隐居生活埋下了伏笔。

世事兴衰乃是必然，放眼历史与现实，再多的得失荣辱，也不过转瞬即逝，不如珍惜眼前真实的生活，把握当下的机会。

◎ 诗歌故事

张可久的一生，是俗套的，也是浪漫的。渴望建功立业却怀才不遇的是他，蹉跎一生不得志却著作等身的也是他。他负责过地方税务，做过桐庐典史，走过大半河山，可惜"半纸虚名，万里修程"（《上小楼春思》）。大概还是不甘心，便辗转一生，时而出仕，时而归隐。

人生不到最后，很难说是得到更多，还是失去更多。际遇的不顺，确实让张可久吃了不少苦头，心生抱怨，"文章糊了盛钱囤，门庭改做迷魂阵，清廉贬入睡馄饨"（《醉太平·无题》）。

可也是因为不顺，纵情山水的他才会写出"山中何事？松花酿酒，春水煎茶"这样的佳句，才能让他在六百多年后的今天，依旧被历史铭记。

人生茫然又如何，若能够如张可久一样把人生过成诗，远离世俗，烹茶饮酒，也足够快活了。

无障碍阅读

人月圆：曲牌名，出自北宋诗人王诜的"年年此夜，华灯盛照，人月圆时"（《人月圆·元夜》）。

孔林：指孔子及其后裔的墓地，在今山东曲阜。

吴宫：指吴王夫差为西施扩建的宫殿。也可指三国东吴建业（今南京）故宫。

楚庙：指楚国的宗庙。

投老：临老，到老。

作家介绍 张可久（约1280—约1352），字伯远，号小山。浙江庆元路（今浙江宁波）人。元代散曲作家、剧作家，与乔吉齐名，和散曲大家张养浩并称为"二张"。明朝朱权称他为"羽林之宗匠"。主要作品有《小山乐府》。

佳句背囊 "休对故人思故国，且将新火试新茶。诗酒趁年华。"出自北宋文学家苏轼的《望江南·超然台作》，"兴亡千古繁华梦，诗眼倦天涯"意境悠远却难免落寞，倒不如"诗酒趁年华"，点上一把新火，煮上一杯新茶，趁着年华尚在，春日里风光秀美，将目光都放在当下。

本文作者

历史小板凳凳：上下五千年，一切历史都是当代史。

人生到处知何似，应似飞鸿踏雪泥

和子由渑池怀旧

（北宋）苏轼

人生到处知何似，应似飞鸿踏雪泥。

泥上偶然留指爪，鸿飞那复计东西。

老僧已死成新塔，坏壁无由见旧题。

往日崎岖还记否，路长人困蹇驴嘶。

◎ **诗临其境**

苏轼是北宋文坛的领袖人物之一，他在诗、词、散文、书、画等各个方面都有很高的成就，是著名的文学家、书法家、画家。

渑池对于苏轼和苏辙兄弟来说是一个非常特殊的地方。宋仁宗嘉祐元年（1056），兄弟二人赴京参加科举考试经过渑池，一起住在僧舍中，一起在壁上题诗；嘉祐五年（1060），苏辙又被任命为河南府渑池县主簿，但是并没有赴任；嘉祐六年（1061），24岁的苏轼去陕西凤翔做官，又一次经过渑池。

这次是苏辙送苏轼，到了郑州的时候分别，就作了《怀渑池寄子瞻兄》，其中有"曾为县吏民知否？旧宿僧房壁共题。遥想独游佳味少，无方骓马但鸣嘶"等句。苏辙在诗中借着怀旧和回忆，表达了自己对哥哥的惜别，同时还有一些对人生的感叹。

苏轼便作了《和子由渑池怀旧》一诗回应。他说道：

人生在世，到处奔走，像什么呢？应该像是飞来飞去的鸿雁，偶然在雪泥踏上一脚吧。

在雪泥上留下爪印实在是偶然，因为飞鸿根本没有一定的方向。

我们曾经遇到的那位老僧已经去世，只有骨灰留在新建的小塔，坏掉的墙壁也无法看到过去的题诗了。

当年赶考时的崎岖路程你还记得吗？遥远的道路不仅人受不了，跛脚的驴子也累得直叫。

◎ 一句钟情

"人生到处知何似，应似飞鸿踏雪泥。"

这句诗颇有禅意，又很唯美。"雪泥鸿爪"的成语就是由此而来。

我们可以展开想象：鸿雁落在雪泥上，留下爪印，然后就飞走了；爪印很快就会消失，后人还能知道鸿雁曾经来过这里吗？它在来这里之前，又曾经去过哪些地方……

诗人用鸿雁在雪泥上落下的爪印，比喻人生往事遗留的痕迹。这些痕迹是来过的证明，也是离去的证据；这一点痕迹不仅牵连着往昔，更是让人对不可捉摸的未来产生期待。

人生也正是如此，人在每一个阶段留下的痕迹，不断被覆盖、消失，但是又神秘地串联起人的一生：过去，现在，未来。

◎ 诗歌故事

人的一生看似短暂，实则也很漫长。人生所到之处，就像万里飞鸿偶然在雪泥上留下爪痕，接着就又飞走了。但过去即便已经消逝，却不意味着就不存在了；未来固然不知，却也不必感叹往昔。顺其自然地对待人生中各种偶然的痕迹，怀旧也就会少很多感伤，成长也能少些烦恼。正是因为无物常住，我们才更不应该执着于往昔，而更需要坚定当下，这才是成长的可贵啊！

"人生到处知何似，应似飞鸿踏雪泥"表达了对人生来去无定的思考，和不沉湎于过去，从对往昔的眷恋中展望未来的乐观态度。

过去无论美好还是痛苦，我们都不应该一味沉湎，只要坚定当下，你会发现过去逝去的美好会重新回到你身边，过去流泪的瞬间也可以笑着讲述！这或许就是苏轼想要告诉弟弟苏辙和我们的道理吧！

无障碍阅读

渑（miǎn）池：今河南省渑池县，苏轼苏辙兄弟曾多次经过这里。

老僧：指曾经接待过苏轼兄弟的老和尚奉闲。

坏壁：指僧舍中的墙壁，苏轼兄弟曾在此题诗。

蹇（jiǎn）驴：跛脚的驴子。

佳句背囊

"沉舟侧畔千帆过，病树前头万木春。"

出自唐代诗人刘禹锡的《酬乐天扬州初逢席上见赠》。大江中翻覆的船只旁边，有无数小船扬帆起航，已经枯萎的树木，重新发出了嫩芽。诗人通过这两句告诉我们，人生没有必要计较一时的得失，河流不会因为沉船就干涸，春天也不会因为枯树而离开，不管过去多么悲伤，我们都要坦然面对，希望才会来临。这种豁达，和"人生到处知何似，应似飞鸿踏雪泥"中的人生态度是很相似的。

本文作者

李方敏，笔名血羽剑客，自媒体人，动漫作者。